테오도루 24번지

손서은 장편소설

문학동네

먼 길을 함께 걸어 준 테오에게

차례

01

노 브라더스

일이 이렇게 된 건 모두 니코스 아저씨 탓이다. 아저씨가 이런 개똥 같은 일만 시키지 않았어도 나는 바닷가에 누워 느긋하게 여름방학을 나고 있을 것이다. 하지만 이 꼴을 좀 보라. 한국에서는 이미 빈티지가 되어 버린 구형 프라이드가 이국 땅 크레타 섬에서 기어이 말썽을 부리고 말았다.

쿠렁쿠렁. 자동차는 체한 사람처럼 온몸을 뒤틀어 댔다. 연거푸 쿠르르렁 발작을 일으키던 차는 이윽고 잠잠해졌다.

"왜 그래요? 또 시동 안 걸려?"

나는 자동차 시계를 들여다봤다. 15분 남았다. 어둠 속에서 뻣뻣하게 긴장한 아빠의 표정이 느껴졌다.

"이번엔 완전 멈춘 것 같아. 이놈의 고물 차!"

아빠가 다시 열쇠를 돌리며 시동을 걸었지만 드르르르르, 차
는 앓는 소리만 내다가 도로 멈췄다.

"움직이라고! 이 똥차야!"

아빠가 소리쳤다. 남은 시간은 10분. 너무 일찍 도착한 바람에
선착장 근처 주차장에 차를 세워 둔 게 잘못이었다. 아니, 이런
똥차를 넙죽 받은 거지 근성을 탓하자.

"아빠, 늦었어. 배 떠나요!"

"알아, 안다고!"

아빠는 한 번 더 열쇠를 뒤틀었다. 푸르르. 차는 꿈쩍도 하지
않았다.

"아빠, 뛰어요! 차는 그냥 버리고."

내가 소리쳤다.

"안 돼! 사장님 몰라서 그래? 몇 배로 물어내라 그럴걸?"

아빠가 핸들을 움켜쥐고 말했다.

"웃기지 말라 그래요. 이건 진작에 폐차시켜야 했어. 이러다 진
짜 배 놓쳐! 뱃값이 얼만지 알아요?"

"얼만데?"

진짜로 그게 궁금해? 저 머릿속에 제멋대로 엉킨 회로를 정리
해 주고 싶은 마음이 가득했다. 하지만 나중에. 지금은 배 타는
일에 열중하자.

"이 차보다 비싸니깐 내려서 뛰자고요!"

아빠는 일어설 듯 말 듯 엉거주춤한 자세로 나를 보더니, 주먹으로 핸들을 쾅 쳤다.

"……아, 바보들. 저건 어쩌고?"

그제야 트렁크에 가득 실은 올리브유에 생각이 미쳤다. 우리가 여기 온 이유. 저걸 놓고는 아무 데도 못 간다. 젠장, 이럴 줄 알았으면 무슨 수를 써서라도 올리브유부터 배로 옮겼지.

"으에에에엥!"

그때 뒷좌석에서 고양이 울음소리가 들려왔다.

"뭐, 뭐야?"

우리는 동시에 뒤를 돌아봤다. 아무런 기척도 없다. 주차장에는 우리뿐. 주위는 온통 깜깜하고 조용하다.

"으에에에."

또다시 고양이 울음소리. 불길한 예감이 등을 타고 올라와 뒤통수를 옥죈다. 그때 아무도 없는 뒷좌석에서 검은 그림자가 솟구쳤다. 아빠가 내 손을 왈칵 움켜잡았다. 우리는 숨을 멈췄다. 검은 그림자는 차 문을 열어젖히고 밖으로 나가더니 운전석으로 다가와 문을 열었다.

"사, 살려 주세요!"

아빠가 간신히 말하자, 검은 그림자는 나오라는 손짓을 했다. 아빠는 재빨리 내 손을 놓고 나갔다.

나만 두고 튄 건가, 지금? 곧장 일어서려는데 벨트가 날 잡고 놓지 않았다. 꽉 조인 벨트와 씨름하는 사이 검은 그림자가 운전석에 앉아 시동을 걸었다. 부르르르, 부르르르르. 차가 몇 번 몸을 떨더니 이윽고 헤드라이트를 밝혔다. 검은 그림자가 새하얀 이를 드러냈다. 무슨 뜻이지? 웃은 건가? 죽이지는 않겠다는 의미?

"으에에에!"

검은 그림자의 가슴팍에서 울음소리가 들려왔다. 울음의 정체는 고양이가 아니었다. 아기였다.

검은 그림자는 다시 밖으로 나가더니 멍하니 서서 구경만 하던 아빠를 운전석에 앉혔다. 그러고는 잽싸게 뒷좌석에 몸을 실었다. 자동차 시계가 21시 55분으로 바뀌었다. 5분 남았다.

"아빠, 출발!"

내가 외쳤다.

"저, 저 사람은 어쩌고?"

"몰라! 그걸 왜 나한테 물어?"

나는 뒷좌석을 힐끔거리며 대꾸했다. 검은 그림자는 어둠에 가려 보이지 않았다. 대신 아기 울음소리가 들려왔다.

"다, 당신 뭐야?"

아빠가 전속력으로 차를 몰면서 뒷좌석을 향해 소리쳤다.

"원하는 게 뭐, 뭐냐고?"

"플리즈…… 아테네 플리즈."

그림자가 간절히 읊조리듯 말했다.

그리스 섬 곳곳에 밀입국한 난민과 이민자 들이 갖은 수단을 써서 아테네로 들어온다는 뉴스를 본 적이 있었다. 이들은 전 유럽의 이슈였다. 얼마 전까지 경제 위기를 부르짖던 그리스 언론들은 요새 부쩍 치안을 들먹였다. 그들의 예측에 따르면 난민과 불법 이민자 들은 절도범, 살인범, 심지어 테러범도 될 수 있었다. 여태껏 이민자들과 별다른 문제 없이 살아왔던 아테네의 시민들도 이제는 외국인을 경계하기 시작했고 경찰은 단속을 확대했다.

나는 다시 한번 뒷좌석을 돌아보았다. 검은 그림자와 아기의 숨소리만이 들려왔다.

이윽고 눈앞에 새하얀 여객선이 나타났다. 조금 전까지도 승객 대열이 늘어서 있었을 자리엔 인부 몇 명만 남아 볼라드에 묶어두었던 밧줄을 풀고 있었다. 차를 싣기 위해 내렸던 경사 출입로가 서서히 공중으로 올라가기 시작했다.

"이런 젠장!"

아빠가 고함을 질렀다. 뱃고동 소리가 길게 울렸다. 우리가 탄 차는 경적을 울리며 날아오르듯 달려갔다. 인부들이 고개를 저으며 허리만큼이나 두꺼운 밧줄을 흔들었다. 이미 늦었다는 표시였다. 여객선의 가장 꼭대기에 서서 인부들을 지휘하던 젊은 선원이 손을 저었다.

"태워 주세요, 네? 꼭 타야 합니다! 제발요!"

아빠는 애타게 소리쳤다. 놀란 아기가 울음을 터뜨렸다. 검은 그림자가 쉬쉬하며 아기를 달래는 소리가 들려왔다.

경사 출입로가 닫히자 밧줄이 덜렁대며 따라 올라갔다. 다 끝난 일이다. 이미 풀린 밧줄이 다시 볼라드에 묶이는 일 따위는 일어나지 않는다.

그때였다. 젊은 선원이 두 팔을 마구 흔들며 인부들 쪽으로 다급하게 고함을 질렀다. 그러더니 경사 출입로가 다시 내려오기 시작했다. 기적이 일어나는 중이었다. 아빠는 그 순간 신을 믿게 되었는지 그리스정교회 신자들처럼 가슴에 십자가를 그어 댔다. 인부들은 잔뜩 화가 난 표정으로 밧줄을 녹슨 볼라드에 묶었다.

감색 제복을 입은 한 무리의 선원들이 계단으로 황급히 내려오더니 어서 안으로 들어오라는 신호를 보냈다. 어찌 된 영문인지 몰랐지만 일단 들어가고 보자. 프라이드는 기세 좋게 배 안으로 들어섰다.

아빠가 차창을 끼이익 내리자 백발의 선원이 고개를 디밀었다.

"이런 이런. 선원 경력 40년 동안 닫힌 문이 열린 적은 오늘이 처음일세. 자네들한텐 운 좋은 날이군."

선원은 아빠가 내민 표를 받아 들고는 차 안을 재빨리 훑어 내렸다. 누가 더 있지는 않은지 슬쩍 뒷자리를 보는 것도 잊지 않았다. 아기가 다시 울면 끝장이다. 가슴이 마구 쿵덕거렸다.

"저희 때문에 배 문을 여신 거예요? 진짜?"

나는 일부러 헤실헤실 웃으며 말했다.

"진짜 감격했습니다. 오늘 일은 저희에게 평생 잊지 못할……."

아빠가 과장된 표정으로 준비한 대사를 다 풀기도 전에 선원은 우리에게 들어가라는 수신호를 보내고 재빨리 옷매무새를 가다듬었다. 우리 차 뒤로 길고 새하얀 리무진이 들어오는 중이었다. 선원들은 일렬로 서서 리무진을 향해 허리를 숙였다.

"뭐야, 총리라도 탄 거야?"

아빠가 백미러를 힐끔거렸다. 리무진은 우리가 안내된 곳과는 다른 방향으로 미끄러지듯 사라졌다.

"치! 총리가 배 타고 다니는 거 봤어요? 전용기 타지."

"야아, 그건 니가 몰라서 그래. 나라가 가난해져서 총리 전용기도 팔았단다. 뭐 어쨌거나 저 리무진 덕분에 배 탔으니 진짜 오늘 횡……."

"횡재 얘기는 꺼내지도 마요!"

나는 냅다 소리를 질렀다. 아빠는 니코스 아저씨한테 이 고물차를 받으면서도 횡재했다고 그랬다. 니코스 아저씨의 말에 따르면 크텔은 그리스 전 국민의 버스라지만 아저씨와 계약한 올리브 농장은 외딴 산골 마을에 있었고 크텔은 거기까지 들어가지 않았다. 농장주가 마중 나오지 않는 때는 우리가 차 렌트비를 냈다. 니코스 아저씨는 그런 경비는 모른 척했고 아빠는 불평하지 못했다. 폐차비가 아까워 공원에 모셔 두었던 고물 프라이드를 빌려 준 것은 결국 불법 주차 딱지를 떼인 다음부터였다.

잘생긴 우리 치프라스 총리가 전용기를 팔았다니 안됐지만 그리스 경제 위기 이후 나라가 가난해졌다는 말에는 동의할 수 없었다. 먼지 한 톨 없이 반질반질한 요트가 항구마다 그득하지 않던가. 키오스크*에 걸린 신문의 1면에는 사라진 연금 때문에 목숨을 끊은 노인의 사연이 실리고 바로 옆 잡지에는 어느 유명인이 요트에서 벌인 화려한 파티 사진이 커버를 장식한다.

아빠는 콧노래를 흥얼대며 화물차 주차 구역에 프라이드를 댔다. 거인국에 걸리버가 들어간 꼴이었다. 나는 차에서 내려 주변에 아무도 없는 걸 확인한 다음 뒷좌석에 대고 영어로 말했다.

"아무도 없어요. 이제 나와도 돼요."

검은 그림자는 잔뜩 움츠렸던 몸을 일으켜 다리를 밖으로 뻗었다. 종이 인형이 접혔다 펼쳐진 것처럼 형체를 드러낸 것은 흑인 소년이었다. 소년이 니트 모자를 벗어 들더니 씩 웃었다. 가지런한 치아가 어두운 피부색과 대비되어 더욱 새하얗게 빛났다. 흉악한 불법체류자라면 적어도 볼따구니가 찢어지거나 눈알 하나 정도는 없어야 하는 것 아닌가. 소년은 싱겁도록 멀쩡했다. 소년이 캥거루처럼 매달고 있는 아기는 또 어떻고. 아테네의 치안을 위협하기에는 너무 초라한 조합이었다.

"땡큐."

신문, 잡지, 스낵 등을 파는 거리 가판대.

소년이 아빠에게 손을 내밀었다.

"뭘, 우리도 땡큐지."

아빠가 말썽 많은 늙은 고물 차를 발로 차며 손을 잡았다. 이 애가 없었더라면 우리는 차 안에서 밤을 보낼 신세였겠지. 나는 소년의 나이를 짐작해 봤다. 아빠보다 훌쩍 큰 키에 마른 체구, 막냇동생처럼 보이는 아기를 소중하게 매달고 다니는 폼이 제법 어른스럽다. 열아홉? 아니다, 어쩌면 나보다 어릴지도 모른다. 흑인들은 피부가 곱고 매끈해서 나이를 짐작하기 힘들다. 그럼 열 다섯?

소년은 긴 다리로 성큼 걸어가더니 언제 실었는지 트렁크에서 자기 짐을 꺼냈다. 큼지막한 보따리 두 개를 어깨에 둘러멘 소년 은 우리에게 따라오라는 제스처를 했다.

소년이 우리를 데려간 곳은 카페였다. 바닥에 깔린 붉은 카펫 이 푹신했다. 안에는 커피 한 잔만 시켜 놓고 시간을 때우는 승 객들이 많았다. 커피만 사면 널따란 소파 자리가 공짜인 것이다.

"오호, 여태 이 생각을 못 해 봤네."

아빠가 입을 벌리고 감탄했다. 소년은 건들거리며 카운터로 가 더니 커피 세 잔을 시켰다. 받고 보니 우유도 설탕도 넣지 않은 아메리카노였다. 내 주위에 그런 쓴 커피를 마시는 애들은 아무 도 없었다. 우리가 동그란 테이블로 다가가자 넓게 자리를 차지하 고 있던 옆자리 손님들이 마지못해 자리를 좁혔다. 소년은 쓰고 뜨거운 커피를 맛있다는 듯이 홀짝거리더니 금세 잔을 비웠다. 내가 마시다 만 커피를 내밀자 소년은 "땡큐!" 하면서 얼른 받았다. 설마 어른인가?

"마이 네임, 요나."

커피 두 잔을 비운 소년은 그렇게 자신을 소개했다.

"마이 네임, 경호."

아빠는 요나를 흉내 내며 말했다.

"민수."

내가 심드렁하게 말했다.

"브라더스?"

요나가 나와 아빠를 번갈아 가리키며 물었다. 진부한 질문. 나는 고개를 창가로 돌렸다.

"노 브라더! 썬, 썬!"

아빠가 내 어깨를 툭툭 치며 말했다.

"노 키딩!"

요나가 놀란 표정으로 웃어 젖혔다. 우리가 부자간이라고 말하면 사람들은 보통 이렇게 말했다. 노 키딩. 우리가 웃지 않자 요나가 얼굴을 바짝 디밀고 아빠와 내 얼굴을 조사하기 시작했다. 이제부터 시답잖은 취조가 시작되리라. 보통은 남의 일에 관심 없는 사람들이 왜 우리 부자의 나이나 과거사는 꼬치꼬치 캐묻는지 모를 노릇이었다.

대부분의 서양 사람들은 동양인의 나이를 못해도 5년은 깎아 줬다. 손해를 보는 건 언제나 나였다. 키 큰 아이는 가차 없이 제 값대로 나이를 쳐줬기 때문이다. 아빠처럼 왜소하고 얼굴이 흰 동양인은 더 어려 보여서, 어떨 때는 무려 스무 살까지 내려가기도 했다. 이런 불공평한 계산법으로 나는 에누리 없이 열여섯, 아빠는 스물이니 브라더스가 아니면 뭐겠는가.

"노 브라더스! 파더 앤 썬! 난 서른넷이고 우리 아들은 이제 곧 중학교 3학년이 되지."

아빠는 이 놀이가 지겹지도 않은지 낯선 이들의 호기심 앞에 한결같이 성실하다.

"하이스쿨 베이비? 오효오!"

금세 셈을 마친 요나는 이마를 탁 때리며 웃음을 터뜨렸다. 사실 셈이랄 것도 없다. 아빠 나이 34에서 내 나이 16을 빼면 18이 남는 쉬운 계산일 뿐이다. 이까짓 산수에 무슨 속임수라도 들어 있다고 생각하는지 사람들은 개운치 않은 표정으로 우리를 보며 자기들끼리 수군거린다.

"미? 씩스틴. 베이비? 에잇먼쓰."

요나는 소파에 누워 자는 아기를 조심조심 들어 올리더니 아기의 얼굴을 우리에게 보여 주었다. 손가락 두 개를 입에 넣은 채 단잠에 빠져 있는 갈색 피부의 아기. 곱슬한 머리칼이 요나와 닮았다.

"씨스터?"

아빠가 물었다.

"노노! 마이 도터, 줄리아."

요나가 줄리아를 자기 딸이라고 소개하자 아빠와 내가 대뜸 소리쳤다.

"노 키딩!"

그때 줄리아가 깨어나 울기 시작했다. 요나는 보따리 하나를 풀고 그 안에서 기저귀를 꺼내 솜씨 좋게 갈아 주었다. 그래도 울음을 그치지 않자 잽싸게 분유를 타더니 젖병을 물렸다. 줄리아는 입을 오물거리며 요나의 손가락 하나를 부여잡았다. 아빠와 나는 두 사람의 겹쳐진 갈색 손가락을 물끄러미 바라보았다. 마침 건너편 자리에 앉아 아이에게 젖을 물리던 여인이 요나를 보더니 고개를 끄덕이며 미소 지었다. 요나도 여인을 향해 고개를 끄덕였다. 그것이 같은 배를 탄 동지들만이 주고받을 수 있는 긴밀한 인사란 걸 아빠와 내가 모를 턱이 없었다.

02
요나

"모델 시켜 준다기에 얼씨구 쫓아왔죠."

요나의 말에 카페의 손님들이 모두 와하하하 웃음을 터뜨렸다. 근육 하나 없이 앙상하게 마른 몸은 모델보다는 마라톤 선수에 가까웠다. 큰 키는 모델계에서 평균 점수는 받을 만했지만 지나치게 긴 다리와 팔이 전체 비율을 망쳤다.

"근데 거짓말이었어요. 날 사창가에 팔아먹으려고 했다고요."

"뭐야? 남자를?"

우리 옆자리에서 맥주를 마시던 덩치 큰 그리스 남자가 버럭 소리를 질렀다.

"오효오, 아저씨도 참. 세상 돌아가는 꼴을 도무지 모르고 사시네! 겨우 도망쳐 나왔다니까."

요나가 과장된 몸짓으로 두 팔을 내저으며 말했다. 요나는 카페 손님들을 상대로 모노드라마를 펼치는 중이었다. 때는 지금으로부터 2년 전, 요나가 풍운의 꿈을 품고 밀항해 들어온 크레타 섬의 항구 도시 이라클리온이 배경이었다. 모은 돈을 몽땅 브로커에게 빼앗긴 나이지리아 촌뜨기 요나는 한동안 부둣가를 전전하며 숨어 지냈다. 브로커들은 요나가 가진 돈뿐 아니라 몸뚱이도 원했다. 나로서는 전혀 이해 안 가지만. 그런 식으로 팔려 가는 애들은 허다했고 불법체류자들은 본국으로 추방될까 봐 두려워 신고도 못 했다.

"하지만 여러분, 요나가 누굽니까? 성경 말씀에 물고기 배 속에서도 살아남은 게 요나 아니에요? 놈들은 결국 이 요나를 포기하고 말았죠. 오효오, 아직도 그때 생각을 하면 아찔해요."

요나가 엄살을 떨자 카페의 손님들은 또다시 와하하 웃었다. 지루하게 앉아 밤을 지새우던 손님들은 우리 테이블로 모여 앉거나 이쪽으로 몸을 돌린 채 요나의 원맨쇼를 구경했다. 요나는 아예 줄리아를 아빠에게 맡겨 놓고 본격적인 쇼에 돌입했다. 아빠는 엉겁결에 베이비시터 역할을 맡았다. 요나는 엉터리 영어와 그리스어를 뒤죽박죽 섞어 가며 말했는데 목소리가 크고 넉살이 좋아서 무슨 얘기를 해도 재미있었다. 처음에는 커피만 달랑 시키고 죽치는 손님들에게 눈치를 주던 웨이터도 쟁반을 옆구리에 끼고 서성대며 요나의 얘기에 귀를 기울였다.

"그건 그렇고 애는 어떻게 된 거야?"

옆에 앉은 그리스 남자가 줄리아를 가리키며 물었다.

"우리 베이비요? 오효오, 사연이 길어요. 목도 마르고요."

요나가 목을 부여잡고 흠흠거리자 남자는 껄껄 웃으며 웨이터를 불렀다.

"이봐, 미토스 두 병 주시오! 누가 뭐래도 맥주는 그리스산이 최고지."

"저, 손님. 이 애한테 사시는 거라면 아직 미성년자 같은데 술은⋯⋯."

웨이터가 당혹스러운 표정으로 요나를 힐끗거리며 말했다.

"당신, 이 애가 미성년자로 보이오? 애는 아버지란 말이오. 애를 안 키워 봐서 모르나 본데 애를 키우는 사람은 이미 성인이오. 성자나 다름없단 말이오! 여기 미토스 두 병!"

남자가 호탕하게 외치자 웨이터는 어깨를 으쓱하며 냉장고 문을 열었다. 곧이어 이슬이 송골송골 맺힌 초록색 맥주병이 테이블로 배달됐다. 나머지 손님들도 덩달아 미토스를 외쳤고 웨이터는 갑자기 쏟아진 주문에 입꼬리가 올라갔다. 카페 안의 손님들은 술렁대면서 마치 오래전부터 서로 알아 왔던 사람들처럼 사이좋게 병을 부딪쳤다. 요나의 드라마틱한 이야기는 맥주를 홀짝이기에 딱 알맞은 안주였다.

손님들은 고개를 끄덕이면서 웃거나 때로는 눈물을 글썽였다.

요나의 인생보다 모여든 사람들의 즉흥적 추임새가 훨씬 극적이었다. 덩치 큰 그리스 남자는 요나의 이야기에 끊임없이 훌쩍이고 주먹을 치켜들기도 하며 맥주 다섯 병을 비웠다.

"몹쓸 년! 북미 년들은 하나같이 창녀야."

갑자기 그리스 남자가 소리쳤다. 무슨 얘기가 오고 간 것인지 분위기가 험악해져 있었다.

"왜들 저래?"

내가 아빠에게 물었다.

"여태 뭐 들었냐? 동거하던 캐나다 여자가 갓난애를 호텔 방에 남겨 두고 자기 나라로 도망갔다잖아."

"그래요? 그런 여자는 세상 어디나 공평하게 있나 보네."

내 말에 아빠의 얼굴이 금세 벌게졌다. 그새 아빠도 맥주를 주문했던지 테이블에 놓인 초록색 병을 들고 한 번에 다 들이켰다. 아빠는 아직도 당황한다. 16년 전에 끝난 일인데도. 나는 아빠를 빤히 쳐다봤다. 딱딱하게 굳은 얼굴은 애써 내 눈길을 외면하고 있었다. 딱 여기까지다. 서로 모른 척, 아닌 척.

"뭐예요? 거기서 북미가 왜 나와요?"

새빨간 꽃무늬 원피스를 입은 여자가 자리를 박차고 일어섰다. 조금 전까지 요나 드라마의 열혈 시청자로 눈물을 훔치던 백발의 할머니도 눈을 가늘게 뜨고 그리스 남자를 쏘아봤다. 그것을 시작으로 관객들이 두 패로 나뉘어 싸우기 시작했다. 그리스 사람들은 선상 카페를 가득 채운 사람들 반 이상이 북미에서 온 관광객이라는 사실을 그제야 기억하고는 곤혹스러운 표정을 지었다.

"아아, 왜들 이래요? 그래도 그녀는 내 첫사랑이었어요."

요나가 분위기를 누그러뜨리려고 익살을 부렸다.

"첫사랑 좋아하시네. 바보! 넌 속은 거야. 이용당한 거라고. 다시는 그딴 년한테 속지 마!"

한창 그리스 남자에게 핏대를 올리던 꽃무늬 원피스가 소리쳤다. 나머지 북미 관광객들도 고개를 끄덕이며 한 마디씩 했다.

"그런 건 미성년자 강간죄로 잡혀 들어가야 마땅하다니까요."

"후유, 그런 미친 인간들이 우리 명예를 죄다 더럽히는구먼."

사람들은 재미있는 일은 다 끝났다는 듯이 하나둘 자리를 떠났다.

"쯧쯧, 애는 어쩔래?"

누군가 아빠의 무릎 위에 누워 옹알거리는 줄리아를 보며 한숨을 내쉬었다. 때를 놓치지 않고 요나가 소리쳤다.

"그래서 요즘은 장사를 하죠. 구경 한번 하실래요?"

아직 남은 사람들은 요나가 이번에는 무슨 구경거리를 내어놓나 싶어 걸음을 멈췄다. 요나는 두 번째 보따리를 풀어 헤쳤다. 그 안에서 가방이 쏟아져 나왔다. 니코스 아저씨가 이탈리아에 갈 때마다 애인들을 위해 사 오던 가방과 똑같이 생겼다. 니코스 아저씨는 84세의 나이에도 어린 애인들을 수두룩이 거느렸다.

도무지 나이 감각이라고는 없어서 내가 할아버지라고 부르면 화를 낼 정도다. 최근에는 가장 비싼 가방을 차지했던 애인과 네 번째 결혼식까지 치렀다.

"자, 구경은 공짜. 구치, 샤넬, 프라다, 에르메스! 단돈 50유로에 명품 가방을 마련하세요."

요나가 외치자 사람들 몇이 다가와 가방을 만지작거렸다.

"누나, 누나한테는 특별히 47유로에 줄게요."

요나가 꽃무늬 원피스에게 말했다.

"47유로? 얘, 짝퉁치고 너무 비싸다."

꽃무늬 원피스는 어깨에 샤넬을 한번 걸치더니 내려놓고 자기 자리로 돌아갔다. 쟁반을 들고 카페를 정리하던 웨이터가 다가와 눈을 샐쭉하게 뜨고 말했다.

"손님, 여기서 장사하면 곤란합니다. 더 이상 주문 안 하실 거면 다음 손님을 위해서 그만 자리를 비워 주실까요?"

드라마는 이렇게 끝이 났다. 요나는 보따리를 묶고는 아빠에게서 줄리아를 받아 안았다. 아빠는 메뉴판을 한참 들여다보다 가장 싼 요구르트 두 개를 주문했다. 두 개가 누구 것인지 헷갈렸다. 아빠와 내 것일까, 나와 요나의 것일까, 아님 요나와 아기의 것?

마침 줄리아가 울음을 터뜨리자 요나는 줄리아를 가슴에 매달고 일어났다.

"여어, 친구. 내 짐 좀 맡아 줄래?"

나는 고개를 끄덕였다.

요나는 카페 밖으로 사라졌다. 자기 전 재산을 남에게 맡기고 걱정도 안 되는 모양이었다. 나는 슬쩍 보따리를 뒤적였다. 이런 티 나는 짝퉁 가방을 누가 산다고. 요나는 속아서 장사에 나선 게 틀림없었다. 아테네에 가면 돈 없는 멋쟁이들이 짝퉁 가방을 살 거라고 누군가 꼬드겼겠지. 웃음이 나왔다.

"뭐가 웃기냐?"

아빠가 팔짱을 끼며 물었다.

"누구랑 비슷하잖아요."

"누구?"

"누구긴. 아빠지."

"야, 어떻게 나랑 쟤랑 비슷하냐? 난 불법으로 밀입국한 게 아니고 당당히 비자 받고 그리스 온 건데? 엄연히 체류 허가증도 있습니다요."

"허풍쟁이 니코스 아저씨한테 속아서 온 거잖아요. 처음엔 일급 레스토랑에서 셰프로 일하게 해 준다고 그랬잖아. 그래서 온 거 아니었어요? 순진하게 핑크빛 미래나 꿈꾸며 말야. 근데 지금은 뭐, 수블라키*나 팔고 있지."

그리스식 패스트푸드. 여러 조각의 구운 고기, 소스, 그리스식 빵인 피타를 곁들여 먹는다.

아빠는 콧구멍을 벌렁대며 콧김을 확확 뿜어냈지만 내 말에 틀린 데가 하나도 없었으므로 입을 다물었다.

아빠는 니코스 아저씨 하나만 믿고 그리스 땅으로 이민을 왔다. 태생과 살아온 배경, 하물며 나이 차도 극적으로 많이 나는 두 남자가 처음 만난 곳은 서울이었다. 한국전 참전 용사였던 아저씨는 수년 전에 한국 정부의 초대를 받아 서울에 왔는데, 한국 음식을 지극히 사랑하였던 탓에 한식당을 찾아다니다가 조리사였던 아빠를 만나게 됐다. 그리스 요식업계의 거물이었던 니코스 아저씨는 아테네 한복판에 한국 식당을 열자는 원대한 계획을 세상 물정 모르는 아빠에게 속삭였다. 웬만한 정신 상태를 가진 사람이라면 잘 알지도 못하는 외국인의 말을 한 귀로 듣고 한 귀로 흘렸을 텐데 아빠는 니코스 아저씨와의 만남을 운명이라고 믿었다.

"야, 속긴. 그래도 왕년엔 '니코스 코리안 레스토랑' 셰프였잖냐. 사장님이 망한 건 시절 탓이지. 사업은 다 운이라고. 이 시기만 잘 버텨 내면 번듯한 타베르나*를 운영하게 해 주신댔어."

"아직도 그 말을 믿어요? 하여간. 아빠는 요나라는 애 말도 다 믿지? 그거 다 뻥이야. 일부러 동정심을 자극하는 거라고."

아빠는 내 말에 팔짱을 풀고 눈을 끔뻑거렸다.

그리스 요리를 파는 식당.

"지가 어떻게 암흑가에서 탈출을 해. 나이 많은 백인 여자 얘기 또 뭐야. 너무 말 안 되잖아요. 미치지 않고서야."

"아들, 미쳐 돌아가는 게 세상이야."

아빠는 한숨을 크게 내쉬더니 요나의 보따리를 다시 꽉 묶었다. 꺼칠한 수염을 만지작거리는 모습이 꽤나 심란해 보였다. 동병상련, 뭐 그런 감정인가.

"짐 맡아 달라는 말 들었죠? 화장실 갔다 올게요."

나는 자리에서 일어섰다. 부자간의 어색한 침묵을 피하기 위해서는 가급적 대화를 짧게 마무리하고 나만의 공간으로 달아날 것. 요즘 새로 만든 규칙이다. 대화라고 해 봐야 시시한 농담이나 지껄이고 니코스 아저씨 흉보는 게 다지만 그것조차 밑천이 떨어지면 진짜 어색해진다. 다른 녀석들도 그러는지 알 수는 없지만 갈수록 둘만 있는 시간이 불편하다. 그러니 내년에는 기필코 이 배를 타지 않을 것이다.

나는 카페를 벗어나 여객선 여기저기를 돌아다녔다. 한밤중의 1층은 난민촌 같았다. 아직도 자리를 잡지 못해 자기 몸집만 한 배낭을 둘러메고 배회하는 초짜 여행객이 있는가 하면, 바닥에 자리를 깔고 드러누워 코를 고는 그리스인들도 보였다. 매 여름이면 휴가를 보내러 고향으로 돌아가는 귀향객과 전 세계에서 모여든 관광객이 연출하는 진풍경이다. 데크석을 구입한 승객들은 누구든 자리싸움을 치러야 하기 때문이다.

우리는 한 번도 좋은 자리를 차지한 역사가 없다. 아무리 일찍 줄을 서 봐야 뒤에서 밀고 들어오는 그리스인들을 막아 낼 재간이 없는 것이다. 이 현지인들은 정말 귀신같아서 외국인의 눈엔 도무지 보이지 않는 빈자리를 어떻게든 찾아낸다. 그런 순간에야말로 아무리 오래 살았어도 우리는 이방인이구나, 실감하게 된다.

어디 그리스인들뿐인가. 집시 같은 차림새의 배낭여행자들은 자리싸움 따위 관심 없다는 듯 일찌감치 갑판의 가장 후미진 곳으로 걸어 들어간다. 바람이 들이치지 않는 안쪽 자리에 해먹을 매단 다음 기타를 내려놓으면 끝. 그러고는 얇은 스카프를 깔고 와인과 크래커, 치즈를 펼쳐 놓고 기타를 튕기며 노는 거다. 어딜 가도 굶거나 쫓겨나지 않고 살아남을 위인들이었다. 아빠와 나는 잽싸게 궁둥이를 날려 한꺼번에 세 자리나 차지하는 현지인도 아니고 그렇다고 갑판에 나가 기타를 튕길 재주도 없는지라 언제나 복도 끄트머리 계단참에서 불편한 밤을 지새웠다.

난민촌 같은 1층만 보면 이름도 거창한 크노소스팰리스가 덩치만 크고 후진 여객선으로 여겨질 테지만 이 위에는 우리 같은 여행자들의 눈에는 띄지 않는 럭셔리한 선실이 있다. 매년 미노안라인에서 발행하는 브로셔에 의하면 넓은 더블 침대와 소파, 그리고 샤워실이 딸린 디럭스캐빈이 버젓이 존재하는 것이다. 나는 계단을 올라 3층으로 향했다. 잠옷을 입은 세 여자아이가 포르르 뛰어다니고 있었다. 키 작은 갈색 피부의 여자가 힘겹게 그 애들을 따라다니고 있었다.

"마리아! 요안나! 디오니시아! 플리이즈……."

아이들은 여자의 목소리를 들은 척도 하지 않았다. 꼬맹이들이 내 곁을 지나치며 나를 밀치자 여자가 송구한 듯 말했다.

"쏘리!"

여자는 필리핀에서 온 베이비시터가 틀림없었다. 대학을 졸업하고 부잣집에 입주해 애들 뒤치다꺼리며 영어 교습까지 하는 필리핀 여성들. 신타그마 광장에도 이런 광경은 흔하다. 부모가 카페에서 친구들과 수다를 떠는 동안 필리핀 베이비시터는 비둘기를 쫓아다니는 애들을 쫓아다녔다. 저렇게 얌전하게 굴어서는 절대 저 애들을 당해 낼 수 없을 것이다. 마침 그때, 선실 문 하나가 덜컥 열리더니 우렁찬 고함이 터져 나왔다.

"마리아! 요안나! 디오니시아!"

복도를 쩡쩡 울리는 목소리에 천방지축 뛰어다니던 여자애들이 그대로 놀이를 멈추고 제 엄마에게 달려갔다. 이제 살았다는 표정으로 베이비시터가 그 뒤를 따랐고 선실에서 나온 그리스 여자는 애들을 다그치며 문을 닫아걸었다. 아깝다. 고급 선실 안을 구경할 좋은 기회를 놓쳤다. 가족들만 쓰는 패밀리캐빈은 얼마나 안락하고 깨끗할까. 순간 나는 그 애들의 베이비시터가 되고 싶었다. 공짜 여름휴가에 캐빈에서 잘 수도 있으니까.

아무도 없는 복도는 조용했고 더 이상 구경거리도 없었다. 위로 올라가 바람이나 쐬자. 나는 밖으로 통하는 비상계단을 올랐다. 갑판은 조용했다. 선박의 굴뚝만이 연기를 바쁘게 뿜어냈다. 새빨간 굴뚝에는 깃털 왕관을 쓴 백합꽃 왕자가 새겨져 있었다. 미노안라인이 운행하는 모든 선박마다 이 유명한 로고가 붙어 있다. 세계에서 손꼽히는 선박 회사 미노안라인이 시시하게 그리스 내의 섬만 오가는 것은 아니었다. 미노안라인이 그리는 큰 지도는 바로 이탈리아였다. 내가 매년 미노안라인의 브로셔를 모으는 이유이기도 하다. 언젠가 이 배를 타고 그리스가 아닌 다른 나라, 이라클리온이 아닌 다른 도시로 가 보고 싶다.

또르르. 와인 병 하나가 굴러 와 발밑에 채었다. 흔들거리는 해먹 안에서 세상모르고 잠든 배낭여행객들의 것이었다. 와인 병을 들고 쓰레기통을 찾아다니는데 배의 끄트머리에 길쭉한 그림자 하나가 보였다. 요나였다. 녀석의 뒷모습은 어른처럼 커 보였다. 요나는 배가 일으키는 거품을 바라보고 있었다. 거센 바람 탓에 요나의 셔츠가 부풀어 올랐다. 요나와 가슴팍에 매달린 줄리아는 꼭 한 몸처럼 거대한 그림자를 만들어 내고 있었다.

한심한 녀석. 나는 와인 병을 쓰레기통에 휙 던져 넣었다. 애를 데리고 아테네로 가면 어쩔 건데. 학교 다니면서 장난이나 칠 나이에 저 꼴을 보라지. 미할리스나 요르고스 같은 코흘리개들은 요나를 보면 뭐라고 할까. 여자애들 앞에서 꽉 끼는 청바지

입고 폼이나 잴 줄 알지 말도 한번 못 붙이는 조무래기들. 키스나 해 봤을까.

줄리아. 영어 이름이다. 제 엄마가 지은 게 틀림없겠지. 요나가 키우는 갈색 피부 아기에게는 나이지리아 이름이 더 어울릴 것이다.

한동안 바다를 바라보던 요나가 배 후미에 붙어 서더니 줄리아를 번쩍 들어 올렸다. 줄리아는 요나의 손아귀에서 위험천만하게 달랑거렸다. 삑삑! 머릿속에서 경보음이 울려 댔다.

"무슨 짓이야?"

나는 요나에게 달려들어 잽싸게 줄리아를 뺏어 들었다. 물컹하고 뜨끈한 몸.

"재밌어."

요나가 말했다.

"뭐? 미친 자식!"

요나가 씨익 웃었다. 녀석은 사이코가 틀림없었다.

"진짜 재밌어. 꼭 나는 것 같아."

요나가 양팔을 뻗더니 배 후미에 붙어 날갯짓을 했다.

"전에 봤어. 〈타이타닉〉. 거기서 주인공 둘이 이러잖아. 너도 봤지?"

나는 우는 줄리아를 어르며 요나를 쏘아봤다.

"말 돌리지 마. 줄리아를 던지려고 했잖아! 그냥 보육원에나 갖다 주지 그랬어!"

"무슨 소리야? 줄리아는 날고 있었어. 케이트 윈즐릿! 그 배우처럼. 우리 줄리아가 케이트 윈즐릿처럼 백인으로 태어났으면 좋았을 텐데. 아무래도 그 편이 나았을 거야. 그럼 다들 줄리아를 귀여워했을 텐데."

요나는 내가 어설프게 안은 줄리아를 다시 제 품에 넣고 말했다.

"근데 보육원이라니? 거긴 고아들이 가는 데 아냐? 줄리아는 내가 키워. 우리 고향에는 열두 살짜리 엄마들도 많아. 모든 애들은 자기 밥그릇을 갖고 태어나는 법이고 신이 공평하게 키워주신다고."

요나가 말했지만 귀에 들어오지 않았다. 손끝에 남은 줄리아의 체온만이 느껴졌다.

녀석은 가슴에 매단 줄리아를 허리춤으로 돌리더니 다시 배 후미에 매달려 허리를 구부렸다.

"이리 와서 저 거품 좀 봐! 배가 가는 방향으로 물보라가 막 치면서 따라온다. 봐 봐. 그치?"

그게 뭐.

"오효오, 정말 멋지다. 그치, 줄리아? 상어가 쫓아와도 우린 걱정 없어. 우린 배 안에 있으니까, 드디어 배를 탔으니까. 우린 아테네에서 부자가 될 거야. 인제 그만 울고 다시 자자, 우리 아가."

요나는 줄리아를 흔들며 노래를 부르기 시작했다. 제법이었다.

"춥다. 들어가자, 친구."

요나는 내 팔을 잡고 말했다. 나는 신경질적으로 요나의 팔을 풀고는 먼저 비상구로 들어갔다. 그사이 카페에서 쫓겨났는지 아빠가 커다란 보따리를 양팔에 하나씩 끼고 2층과 3층 사이 계단참에 쭈그리고 앉아 있었다.

"허여어, 죄송해요. 죄송해요."

뒤따라온 요나가 아빠에게 말했다.

"너 앞으로 어쩔 셈이야?"

아빠가 짐을 건네며 물었다.

"아테네에서 성공할 거예요."

요나가 보따리를 치켜들며 말했다.

"아는 사람은?"

요나는 고개를 저었다.

"어디서 묵어?"

이번엔 어깨만 한 번 으쓱.

"대책 없네."

"성공할 거예요. 진짜로."

요나는 다시 한번 보따리를 치켜들며 말했다.

이윽고 네모난 창으로 군청색 하늘이 보였다. 어느새 아침이 오고 있었다. 계단참에서 노숙자처럼 웅크리고 자던 승객들이 도착 안내 방송을 듣고는 하나둘 일어나 짐을 챙기기 시작했다. 머리끝까지 지퍼를 올린 침낭 하나가 열리더니 젊은 여자가 얼굴을 내밀었다. 아까 본 베이비시터였다. 잠을 충분히 못 잔 탓에 피곤이 덕지덕지 붙어 있었다. 여자는 시간을 확인하고는 황급히 침낭을 돌돌 말았다. 뭐지, 캐빈에서 같이 자는 거 아니었나. 여자는 작아진 침낭을 옆구리에 끼고 2층 복도 너머로 총총히 사라졌다.

"침낭. 괜찮네요."

여자의 뒷모습을 보면서 내가 말했다.

"그러게. 부럽더라고."

아빠가 입맛을 다시며 말했다.

작게 뚫린 창밖으로 피레우스 항구의 풍경이 어슴푸레 보이기 시작했다. 배는 새하얀 거품을 일으키며 아테네에 도착하고 있었다. 빨리 나가려는 승객들이 출구 쪽으로 우르르 이동해 갔다.

"우리는 아테네 시내까지 가는데, 태워 줘?"

아빠가 요나에게 물었다.

"햐오, 고맙지만 사양할게요. 저는 부둣가가 좋아요. 배가 보여야 맘이 편하거든요. 피레우스에서 자리 잡아요."

요나는 제 가슴을 문지르며 말했다.

"피레우스는 거칠어. 섬사람들이 그나마 친절한 편이지. 여긴 나쁜 놈들이 더 많이 우글거린다고."

아빠가 겁을 줬다.

"걱정 마세요."

요나는 한쪽 눈을 찡긋하며 웃었다. 요나의 길고 가느다란 손가락이 내 손을 덥석 잡더니 마구 흔들어 댔다. 녀석의 손이 뜨끈했다. 요나는 보따리 두 개를 산타처럼 어깨에 메고는 긴 다리를 성큼성큼 내뻗어 출구 쪽으로 사라졌다. 아빠는 요나의 뒷모습을 한참 동안 바라보다가 발길을 옮겼다.

"돈이라도 좀 줄 걸 그랬나 봐."

아빠가 시무룩한 표정으로 말했다.

"언젠가는 자기 딸을 죽일지도 몰라."

내가 중얼거렸다.

"어휴! 나쁜 자식아, 넌 어떻게 그런 말을 하냐?"

아빠가 내 등을 후려쳤다. 나는 아빠를 피해 후다닥 계단을 내려갔다.

"쟤들 진짜 걱정이다, 걱정."

뒤에서 아빠가 중얼댔다. 고물 차가 또다시 꿈쩍을 안 하면 어쩌나, 나는 그게 더 걱정이었다.

노쇠한 프라이드는 배 안에서 잘 쉰 덕분인지 보란 듯이 살아나 움직였다. 끈질긴 명을 타고난 녀석이었다. 차들의 행렬을 따라 피레우스 항구를 빠져나가자 낮고 평평한 민둥산과 파란 하늘이 눈앞에 펼쳐졌다. 한꺼번에 대로로 쏟아져 나온 차들이 요란하게 경적을 울려 댔다. 차창을 열고 고개를 내민 운전자들은 모두 손바닥을 펼쳐 밖으로 내놓고 하늘을 향해 흔들었다. 성질 급한 그리스 사람들은 앞차를 향해 경적을 울리고 서로 고함을 치고 마지막 피날레로 "오, 신이시여!" 탄식을 해야 직성이 풀렸다. 그 모습을 보자 아테네로 돌아온 것이 실감 났다.

바다를 끼고 달리던 차는 어느덧 회색 건물들 사이로 들어섰다. 위용 높은 중앙은행의 새하얀 대리석 벽에 피처럼 흘러내린 붉은 페인트와 볼썽사나운 낙서가 보였다. 오모니아로 들어서자 길게 줄을 선 노숙자들이 큰 도로를 점령한 채 서성거렸다. 아침 식사를 위한 행렬이었다. 곧이어 폴리테크니오가 보였다. 그리스 최고의 인재들만이 들어갈 수 있는 공과대학이다. 70년대에 이곳 학생들이 주도한 시위 덕분에 당시 군사독재정권이 무너질 수 있었다고 한다. 덕분에 오늘날의 폴리테크니오 학생들은 엄청난 자부심을 갖고 있다. 하지만 폴리테크니오의 명성도 한물갔다. 그리스의 거대한 청년실업층에 폴리테크니오 출신도 상당수 포함되어 있다는 기사를 본 적이 있다. 게다가 스프레이로 그려진 낙서와 플래카드로 점령당한 누런색의 대리석 건물은 더 이상 대학교가 아니라 금방이라도 철거될 오래된 상가 같다. 한국에서 공과대학을 다니다 그만둔 아빠는 한동안 쉬는 날이면 괜히 이곳 캠퍼스를 서성대다 학생 식당에서 밥을 사 먹고는 했다.

폴리테크니오의 뒷골목에 차를 세웠다. 여기까지만 올리브유를 배달하면 이번 심부름도 끝이다. 그다음은 폴리테크니오에 다니는 아저씨의 손자가 바통을 이어받는다. 손자는 심부름의 대가로 고물 차를 끌고 다닐 작정이겠지.

올리브유를 받으면 니코스 아저씨는 비싼 값에 외국인들에게 팔았다. 외국인들은 크레타 시골에서 짰다는 올리브유에 대한 판타지가 있었고 그걸 채워 주는 사람이 니코스 아저씨였다. 그가 돈을 벌어들이는 경로는 참으로 다양했으며 우리는 그의 똘마니로 제격이었다. 심부름으로 겨우 200유로를 받기로 했으니 말이다.

골목을 나서는데 갑자기 비가 내리기 시작했다. 아빠와 나는 아카데미아까지 쉬지 않고 뛰었다. 비에 젖은 아테네 여신상이 창과 방패를 치켜든 채 우리를 반겼다. 비즈니스호텔과 상가로 둘러싸인 오모니아 광장에는 갑작스런 비를 피하려는 노숙자들이 침낭과 신문지를 뒤집어쓴 채 이리저리 뛰어다니고 있었다. 대형 쇼핑몰인 혼도스센터 외벽에는 '웰컴 투 그리스'라고 쓰인 광고 문구와 함께 펄럭이는 그리스 국기와 아크로폴리스 사진이 걸려 있고, 바닥에는 노숙자들이 이불도 덮지 않은 채 등을 잔뜩 구부리고 잠들어 있었다. 찢어진 청바지를 입고 입술에 피어싱을 한 젊은 여자가 나를 쏘아보며 빈 물통을 흔들었다.

아빠와 나는 광장을 지나 소크라투스 거리로 향했다. 평소에는 문 열린 상점과 행인 들로 시끌벅적한 거리가 한산했다. 가득이나 늦게 일을 시작하는 아테네 사람들에게 토요일 오전은 게으름 피우기 좋은 때인 것이다. 그래도 낡은 카페니오*에는 아침잠이 없는 할아버지들이 웅성대며 모여 있고, 로또 판매점이 환하게 불을 켜고 손님을 기다렸다. 문 닫힌 아르메니안 식당을 지나자 이제 막 가게 문을 열고 기다란 빗자루와 플라스틱 양동이를 밖으로 내놓는 파키스탄 남자가 보였다.

골목 어귀에 이르자 초록색 차양을 내린 작은 잡지 가판대가 보였다. 여기부터가 우리 동네다. 우리는 테오도루 24번지를 향해 걷기 시작했다.

그리스식 커피를 파는 카페.

03

실종 소년

몇 년 전만 해도 우리 동네는 활기찬 곳이었다. 폴란드 음식점과 인도식 카페, 중국인이 운영하는 아시안마켓이 사이좋게 각자의 손님들을 받았다. 맞은편 상가에는 국적 불명의 울긋불긋한 옷들을 보도까지 내어놓은 옷 가게가 있었고 이발소 앞에는 아시안과 아프리칸 손님들이 길게 줄을 서서 자기 차례를 기다렸다. 하지만 지금은 굳게 닫힌 셔터, 그 위로 거칠게 휘갈겨진 낙서와 그라피티, 벽면마다 너절하게 붙은 전단지가 테오도루의 쇠퇴를 보여 주고 있다. 전단지는 빗물에 종이 죽처럼 퍼져 있었다. 그중 가장 최근에 붙인 듯한 전단지가 눈길을 끌었다. 실종된 아이의 얼굴과 연락처였다. 지하철마다, 동네마다 붙는 게 실종자 전단이었으므로 우리는 못 본 척 걸었다. 아테네의 비는 오다가도 금세 그치고는 했는데 이번 비는 그럴 생각이 없어 보였다. 얼마 지나지 않아 같은 전단지가 또다시 우리의 눈을 잡아끌었다.

"납치라도 됐나? 무슨 일이래?"

아빠가 이마를 찌푸리고 사진을 들여다봤다. 금발에 터질 듯이 부풀어 오른 볼, 주근깨 가득한 남자아이가 웃고 있었다. 새하얀 피부에 곱슬머리를 보니 그리스인이 틀림없다. 이 동네에 그리스 현지인들은 드물었다. 여기 사는 사람들은 대부분 동남아시아나 중동, 아프리카에서 흘러든 뜨내기들이기 때문이다.

이윽고 우리는 노란색 페인트칠이 흔적도 없이 벗겨져 나간 공동주택 앞에 섰다. 그동안 없었던 해골 무늬 그라피티가 떡하니 벽에 그려져 있었다.

"참 나. 어떤 놈이 남의 집에 이딴 짓을 하고 도망갔대?"

아빠가 공동 현관의 문을 따면서 불평했다. 우편함에는 아빠가 놓친 일주일 치 광고 전단지가 쌓여 있었다. 오직 그것들만이 우리의 컴백 홈을 환영했다. 아빠는 전단지를 가슴에 한 아름 안고 어기적어기적 계단을 올랐다.

"그냥 버려요. 다 지난 거잖아."

"안 되지, 이 아까운 애들을. 찾아보면 아직 날짜 안 지난 쿠폰도 꽤 건질걸."

아빠의 취미는 전단지 보기였다. 흉악한 사건들로 정신 건강을 해치는 신문보다는 실용적인 정보로 가득한 전단지가 삶에 도움이 된다는 이유였다. 게다가 신문은 2유로고 전단지는 공짜다.

아빠는 우리 집에서 멀리 떨어져 있는 독일계 마트 리들을 좋아해서 그곳의 전단지는 더욱 꼼꼼히 살핀다. 리들은 식료품도 팔지만 잔디 깎는 기계부터 작은 나사못까지, 매장에 비치한 공구 종류가 수백 개도 넘었고 매주 새로운 전자 제품을 들여와 사람들의 마음을 사로잡았다. 가격도 한몫했다. 리들은 그리스계 마트와는 비교가 안 되도록 쌌다. 하지만 어디 리들뿐인가. 베로풀로, 스클라베니티스 같은 다양한 마트들의 마케팅 전쟁 덕분에 우리는 매주 마트를 바꾸어 가며 치즈나 요구르트를 싼값에 샀다.

"우와아, 내일까지 스클라에서 하우다치즈를 2유로에 판대! 우허억……!"

아빠는 전단지에서 눈을 떼지 못하다 계단을 헛디뎌 난간을 잡고 휘청거렸다. 나는 아빠를 뒤에 내버려 두고 집 안으로 들어갔다. 빨리 젖은 옷을 벗고 샤워하고 싶었다. 차가운 물로 대충 씻을지 물이 데워지는 20분을 기다릴지 고민했다. 일단 씻자. 나는 가볍게 결론을 내리고 거실 바닥에 배낭을 벗어 던졌다. 평소에도 빛이 들지 않는 거실은 비가 오는 탓에 더 컴컴했다. 베란다 창문에 달린 커튼이 바람에 마구 펄럭거렸다. 창문을 열어 놓고 떠났었나? 나는 비가 들이치는 베란다로 향했다. 뒤에서 무언가 부스럭거렸다.

"아빠?"

나는 뒤를 돌아보았다. 어두운 거실에 덩그러니 놓인 소파가, 그 소파가 부풀어 오르고 있었다. 내가 미친 건가?

그 순간 소파를 덮은 담요가 벗겨지고 그 안에서 검은 점퍼를 입은 사람이 벌떡 일어섰다. 검은 점퍼는 후다닥 현관으로 달려 나갔다. 때마침 현관에 들어선 아빠와 검은 점퍼가 부딪쳤다.

"뭐, 뭐야!"

아빠가 검은 점퍼를 단단히 붙들었다. 검은 점퍼도 지지 않고 아빠를 밀어붙였다. 그제야 정신을 차린 내가 달려가 검은 점퍼의 팔을 비틀었다.

"아아아악!"

검은 점퍼가 소리를 질렀다.

"도둑이야! 도둑!"

우리는 검은 점퍼를 꼭 붙잡고 외쳤다. 하지만 복도는 조용했다. 아무도 나오지 않았다. 검은 점퍼가 온몸을 비틀며 말했다.

"자, 잠깐만요. 쫌, 조용히 해요."

이제 막 변성기에 들어선 남자애의 목소리였다.

"뭐야, 당신?"

아빠는 검은 점퍼가 뒤집어쓴 모자를 벗겼다. 새하얀 얼굴이 드러났다. 곱슬곱슬한 금발 머리, 통통한 볼살, 주근깨. 어디서 많이 본 것 같은데.

"실종 소년?"

아빠가 소리 질렀다.

"우씨! 조용히 좀 하세요, 네에?"

소년이 인상을 쓰며 말했다.

"야, 너 살아 있었구나! 살아 있었어! 다행이다."

"조용히 좀 하라니까요……."

소년이 한숨을 내쉬었다.

"어떻게 된 거야? 너, 밖에 나가 봐. 네 얼굴 완전 도배됐어."

"알아요."

소년이 대꾸했다.

"근데, 우리 집에 어떻게 들어왔어?"

아빠는 실종 소년이 살아 있다는 것이 기쁜 데다가 바로 그 호러무비의 주인공이 자신의 집에서 발견되었다는 사실에 무척 들뜬 것처럼 보였다.

"여행 가방 메고 나가는 거 봤어요."

"봐? 우릴? 너 스토커냐?"

"에이, 아저씨가 무슨 연예인이에요? 나 아래층 살아요. 몰랐어요? 얼마 전에 이사 왔잖아요."

소년이 말했다.

"뭐어? 아래층? 그나저나 대체 이 집에 어떻게 들어왔냐고!"

"그러게 창문을 잠갔어야죠, 아저씨. 여름에 이쪽 동네에 도둑

많아요. 2층까지 오르는 건 일도 아니고요. 하지만 걱정 마세요. 내가 그동안 집 하나는 잘 지켰으니까. 앞으로는 꼭 조심하셔야 돼요. 아셨죠?"

소년이 심각한 표정으로 충고했다.

"인사가 늦었네요. 저는 콘스탄티노스예요."

콘스탄티노스가 손을 내밀어 악수를 청했다. 아빠는 황당한 표정으로 그 손을 잡았다.

"넌, 민수지? 학교에서 봤어."

날 봤다고?

"너 인기 좋더라, 여자애들한테. 우리 반 요안나가 너 좋아해."

조금 전까지 벽면에 종잇조각으로 붙어 있던 녀석이 육화되어 내 앞에 나타나 떠드는 것도 비현실적인데 그 입에서 내가 아는 여자애 이름이 튀어나왔다. 녀석은 우리를 만난 게 반가워 죽겠다는 듯이 떠들었고 아빠와 나는 그 수다에 질려 소파로 몸을 피했다.

"뭐냐, 쟤?"

아빠가 콘스탄티노스를 힐끗거리며 말했다.

혼자 현관에 버려졌던 콘스탄티노스는 쪼르르 소파로 와 우리 곁에 나란히 앉았다.

"나, 그동안 진짜 심심했거든요. 말할 사람도 없고. 근데 무슨 집에 텔레비전도 없어요? 리들에 가 봐요. 작은 거 하나에 70유로면 사는데."

콘스탄티노스가 구시렁거렸다.

"너, 그럼 우리 없는 동안 내내 여기 있었어?"

내가 물었다. 콘스탄티노스는 다리를 촐싹대며 고개를 끄덕였다.

"네 초콜릿시리얼은 다시 사다 줄게, 걱정 마. 그리고 참, 네 침대는 손도 안 댔어. 소파에서만 잤어. 그래도 내가 양심은 있거든. 그보다 니가 침대에다 뭘 흘렸을지 알 게 뭐냐. 나 이래 봬도 무지 깨끗한 남자야. 야, 근데 넌 무슨 애가 소년용 건강 잡지 하나 없냐? 내가 침대 매트리스 밑까지 다 뒤져 봤는데도 없더라. 너 혹시 변태야?"

소년용 건강 잡지? 말도 잘 지어낸다. 그딴 걸 보지 않으면 이제 변태로 찍히는 세상이 되었나.

"그리고 왜 그런 색깔 팬티를 입어?"

"야! 내 팬티 입었어?"

내가 소리를 버럭 질렀다.

"깨끗하게 빨아 놨어!"

"허, 네가 계속 입든지 갖다 버려!"

"진짜? 그래도 될까? 사실 몇 장 더 필요했거든."

콘스탄티노스가 머리를 긁적이며 말했다. 아빠와 나는 입을 딱 벌리고 콘스탄티노스를 보며 감탄했다. 그 애는 집에 돌아갈 생각은 없어 보였다. 딱 봐도 제 발로 집 나온 게 틀림없건만 애타게 아들을 찾고 있는 저 애 부모가 딱했다.

"저어, 아저씨. 저 좀 여기 숨겨 주세요."

콘스탄티노스는 아무렇지도 않게 말했다.

"너네 집, 아래층이라며. 거기 숨어."

아빠가 콧구멍을 쑤시며 말했다.

"아니, 전 당분간 집에 못 들어가요. 제발요."

콘스탄티노스가 이제 조금 심각한 표정으로 아빠에게 애걸했다.

"누구한테 쫓기고 있냐?"

"아뇨."

"너희 부모님이 널 막 때리고 그러냐?"

"아아뇨!"

"그런데?"

"엄마가 그놈을 내쫓기 전까진 절대 안 들어가요!"

콘스탄티노스가 주먹을 흔들며 소리쳤다.

"그놈이라니? 대체 알아먹을 수가 없잖아. 하여간에 당장 집으로 가라. 안 그러면 경찰에 신고할 거야."

아빠가 콘스탄티노스의 팔을 붙들고 억지로 일으켰다.

"아저씨이……."

콘스탄티노스가 뚱뚱한 엉덩이를 길게 빼고 사정했다.

"집에 가라고. 벽면마다 네 얼굴이야. 무슨 일인지 모르겠지만 부모님 마음을 그렇게 찢어 놔도 되냐? 그런 식으로 가출하면 안 되지. 적어도 가출합니다, 편지는 써 놓고 왔어야지. 유괴된 줄 아시잖아!"

"그럼, 편지 써 놓고 다시 올게요. 네에?"

"장난하냐? 이래서 자식 키워 봐야 아무 소용도 없다는 거야! 으이그, 너 같은 애를 아들이랍시고 믿고 키우는 너네 아빠가 불쌍하다, 불쌍해!"

아빠가 가슴을 쳤다.

"……씨! 난 아빠 같은 거 없어!"

콘스탄티노스가 대뜸 아빠를 밀치더니 그대로 밖으로 튀어 나갔다. 나는 엉겁결에 일어나 콘스탄티노스를 쫓았다. 요란한 발소리가 쿵쿵 울리다가 복도는 금세 조용해졌다. 1층에도 아무런 인기척이 없었다. 공동 현관문을 열고 밖으로 나가자 오렌지 나무 뒤로 뛰어가는 검은 점퍼가 보였다. 비는 더욱 세차게 내리고 있었다.

"어디야, 어딨어?"

뒤따라온 아빠가 헐떡이며 물었다.

"갔어. 이번엔 진짜로 가출한 거지."

"어휴, 그냥 멱살이라도 잡아서 집에 데려다 줬어야 했는데!"

아빠가 머리칼을 쥐어뜯었다. 무슨 소용. 가출 청소년을 누가 막겠냐고. 게다가 그 애는 분명한 목표가 있었다. 콘스탄티노스는 그놈이 자기 집에서 쫓겨날 때까지 집으로 들어가지 않겠다고 말했다.

그놈. 그놈이 누굴까.

콘스탄티노스의 집을 찾는 건 어렵지 않았다. 6층에는 20년을 한결같이 이 허름한 공동주택에 살면서 세입자들의 신상을 꿰뚫고 있는 타냐 아주머니가 살고 있었다. 우리는 아주머니네 현관문을 두드렸다.

"오뽀뽀, 당신들이 아침부터 나에게 무슨 일일까?"

타냐 아주머니는 창피한 줄도 모르는지 목욕 가운을 걸친 채 나왔다. 얼굴에는 남자처럼 콧수염이 돋아 있었다.

"그 애, 콘스탄티노스요."

아빠가 운을 뗐다.

"새로 이사 오자마자 동네 망신시키면서 벽마다 붙어 있는 그 돼지 같은 녀석?"

타냐 아주머니가 팔짱을 끼더니 이마를 찡그렸다.

"우리 집 아래층에 산다는데 어느 게 그 애 집인지 알 수가 있어야지요."

"무슨 꿍꿍인지 알아야 알려 주지이?"

타냐 아주머니는 눈을 실같이 뜨며 아빠를 보았다.

"내 참, 꿍꿍이는 무슨. 조금 전에 그 앨 만났거든요. 그 애가 무사하단 걸 걔 엄마도 알아야 할 것 같아서 그래요."

아빠가 대답하자 타냐 아주머니가 포크로 냄비 긁는 소리를 내며 웃었다.

"캬후후! 그럼 누가 그 돼지를 유괴라도 했겠어? 뭐하러? 잡아먹으려고? 콘스탄티노스가 실종됐다고 믿는 사람은 바소뿐이야."

"바소는 또 누구예요?"

아빠가 물었다.

"누구긴 누구야? 그 애 엄마지. 바소 빌루. 그리스어 읽을 줄 알면 현관문 옆에 달린 문패도 읽을 줄 알겠지? 가서 찾아봐."

타냐 아주머니는 다시 한번 쳇소리를 내더니 문을 쾅 닫아걸었다.

아빠는 툴툴대며 1층으로 내려갔다. 바소 빌루의 집은 복도 끝에 있었다. 초인종을 누르자 커다란 흰 수건을 머리에 휘휘 감은 여자가 나왔다. 이 동네 아주머니들은 죄다 이 시간에 목욕을 하자고 결의라도 한 건가.

"바소 빌루 부인이세요? 처음 뵙겠습니다. 으흠, 저는 위층에 사는 이경호라고 합니다. 코레아에서 왔고요. 여기 산 지는 5년 다 돼 가요."

아빠는 묻지도 않은 말을 하며 시간을 끌었다. 여자는 말없이 고개만 끄덕였다. 그 녀석의 엄마라고 보기엔 체구가 작고 젊어 보였다.

"저어, 댁의 아드님이 우리 집에 있었어요."

"오, 하느님!"

바소 빌루 아주머니는 가슴에 십자가를 그으며 눈물을 글썽였다.

"있었다뇨?"

뒤에서 난데없이 키 큰 금발 머리 여자애가 튀어나오더니 말했다.

"그럼 지금은 없단 거예요?"

아주 좋은 지적이었다.

"아니, 그게, 왔다 갔어. 아직까지 있는 건 아니고……."

"뭐라는 거야, 이 아저씨?"

여자애가 신경질을 부리며 말을 막았다. 안에서 또 한 명의 말라깽이 여자애가 잠옷 차림으로 나오더니 팔짱을 끼고 나를 세세히 뜯어보기 시작했다. 나는 눈길을 피해 집 안을 기웃거렸다. 내 관심사는 가출 소년도 새로 등장한 금발의 여자애들도 아니었다.

"하지만 안심하세요. 애는 일단 무사해요."

아빠가 더듬거리며 말을 마쳤다.

"무슨 말인지 하나도 못 알아듣겠어요. 왔다 갔다뇨? 어디로요? 왜 제 아들이 그 댁에 갔었죠?"

바소 빌루 아주머니가 간절한 눈빛으로 질문을 퍼부었다. 우리가 대답할 수 없는 질문들이었다.

"엄마는! 그만 좀 해요. 배고프면 돌아오겠지."

키 큰 금발이 고함을 쳤다.

"너무 걱정 마세요, 부인. 제 생각엔 곧 돌아옵니다. 녀석이 여간 깔끔한 게 아니라서 그동안 제 아들 녀석 팬티도 빌려 입었더라고요. 핫하!"

아빠의 영양가 없는 위로에 바소 빌루 아주머니는 고개를 내저으며 거실로 들어갔다. 그때, 거실 소파에서 무언가 꿈틀대는 게 보였다.

"제5중학교?"

사나운 눈매로 나를 뜯어보던 키 큰 금발이 다그치듯 물었다.

"응……."

"몇 학년?"

"이제 3학년……."

"콘스탄티노스, 마르타랑 같네. 아, 걔들은 쌍둥이야. 마르타가 누나고. 하여간 니들은 운도 지지리 없다. 이 동네에서 제5중학교가 제일 꼬졌거든. 난 디미트라, 고2니까 알아서 모시고. 첫 대면에 이런 부탁 해서 좀 그렇지만 걔 다시 보거든 전해라. 집에 안 들어와도 된다고. 우린 레오니스랑 아주 잘 먹고 잘 살고 있다고. 알았지? 잘 가라."

디미트라는 그대로 현관문을 쾅 닫았다. 곧이어 안에서 다투는 소리가 들려왔다.

"내가 뭐랬어. 전단지 다 떼. 창피해 죽겠어."

"엄마, 혹시 내가 없어져도 사진 같은 건 절대 붙이지 마세요. 난 의심의 여지 없이 가출한 거 맞거든. 괜히 온 동네 공포 분위기 조성하지 말라고요."

"입 다물어, 나쁜 계집애들! 니들은 체면 따위가 문제야? 동생은 걱정도 안 돼?"

"체면? 그래서 레오니스랑 같이 살겠다는 거야? 체면 따위는 아랑곳없이?"

세 여자의 신경질적인 목소리가 복도를 울렸다.

"뭐냐, 저 콩가루들은? 그 애는 그놈 때문에 가출했다고 하는데, 내가 보기엔 저 여자들 때문이네."

아빠가 계단을 오르며 말했다.

"아냐. 레오니스…… 여자애들이 분명히 그 이름을 말했어."

"새아빠가? ……말 되네. 새아빠랑 사이가 안 좋다면. 그래, 녀석이 뛰쳐나가기 전에 그랬잖아. 난, 아빠 없어! 맞네, 맞아."

아빠는 상품 걸린 퀴즈를 맞힌 사람처럼 기뻐했다.

"그럴 수도."

하지만 새아빠랑 사이가 틀어졌다면 누나들이 먼저 집을 나갔을 것이다. 아니면 적어도 누나들이 똘똘 뭉쳐 콘스탄티노스의 가출을 도왔을 것이다. 누나들은 콘스탄티노스가 실종이나 유괴된 게 아니라 가출했다는 것도 알고 있었다. 그 애 걱정 따윈 안 하는 듯 보였다. 그리고 분명히 거실 소파에 누군가가 있었다.

"아들, 나 먼저 화장실 써도 돼?"

아빠가 나를 툭 치며 물었다. 나는 말없이 고개를 끄덕였다. 샤워하고 싶은 생각은 멀찍이 달아났다. 콘스탄티노스 덕분에 6층과 1층을 오르내리느라 젖은 머리와 옷이 다 말라 있었다. 소파에는 녀석이 뜯어 놓은 과자 봉지가 굴러다녔다. 베란다에 세워 둔 빨래 건조대에 내 팬티 두 장이 비에 푹 젖은 채로 널려 있었다. 남의 팬티까지 훔쳐 입을 정도로 가출 준비가 소홀한 걸 보니 계획적인 건 아니군. 집에 그놈이 있었고, 그놈을 보자 그대로 내뺀 게 틀림없다. 왠지 내 추리가 맞아 들어가는 것 같다.

그때 화장실 문이 벌컥 열렸다.

"아들, 이따가 비 그치면 리들에 가 보자. 건전지 열 개에 1유로래. 진짜 죽인다, 그치?"

아빠가 신나게 전단지를 흔들며 말했다.

04
그놈의 정체

그놈을 맞닥뜨린 건 그날 밤이었다.

리들에서 돌아오던 길에 아빠는 주말 특가 치즈를 사야 한다며 스클라베니티스로 방향을 틀었다. 나는 더 이상 마트 투어는 하지 않겠다고 선언하고 혼자서 집으로 돌아오는 중이었다. 시끄러운 음악과 와자지껄 떠드는 소리에 좁은 골목길이 들썩거렸다.

토요일만 되면 동네는 나이트클럽으로 변신했다. 집집이 요르티* 축하가 끊이지 않았고 축구 중계를 하거나 어느 집에서 양고기라도 구울라치면 다들 먹을 것 하나씩을 들고 모였다. 이 동네에서 벌어지는 파티란 대단한 건 아니었다. 와인과 치즈, 과자 몇

자신의 이름을 따온 성인을 기리는 날. 전통적으로 그리스 사람들은 생일보다 요르티를 더 중요하게 여긴다.

봉지와 콜라만 있으면 파티로 쳐줬다. 보통은 애고 어른이고 할 것 없이 다 같이 모여서 놀았다. 어른들은 거실에서 부주키쇼*를 틀어 놓고 진짜 부주키클럽에 온 사람들처럼 한껏 차려입고 춤을 췄다. 애들은 따로 방에 모여 불을 끄고 댄스 음악으로 클럽 분위기를 냈다. 이런 날은 고등학생 형들도 어른들 틈에 대충 섞여 맥주를 마셨다. 낄 자리가 없는 건 나 같은 중학생들이었다. 중학생은 맥주를 얻어 마시기엔 턱이 너무 매끈했고, 콜라나 홀짝거리기엔 징그러운 나이다.

"얘!"

누군가 뒤에서 내 등을 쿡쿡 찔렀다. 진한 마스카라, 새파란 눈 화장을 한 여자가 반가운 웃음을 짓고 있었다.

"왜요?"

"나야."

여자가 말했다. 나는 어깨를 으쓱했다.

"너, 머리 무지하게 나쁘구나. 나야! 아래층, 디미트라!"

나는 다시 한번 여자를 쳐다봤다. 아침의 부스스한 디미트라는 간데없고 긴 금발 머리를 위로 틀어 올리고 반짝거리는 하이힐을 신은 모습이었다.

"토요일 날 불쌍하게 왜 혼자 골목에서 서성대냐? 우리가 파

부주키클럽처럼 꾸민 무대에서 펼쳐지는 TV 쇼프로그램. 그리스 음악과 춤을 공연하는 부주키클럽은 그리스인들에게 무척 인기가 많지만 입장료와 추가로 내는 술값이 비싸다.

티에 끼워 줄게. 내 동생 마르타랑 같이 가라. 보다시피 쟤는 파트너가 없어서. 근데, 넌 이름이 뭐냐?"

"민수……."

"민쑤?"

디미트라는 그렇게 말하며 옆에 서 있던 남자친구의 팔짱을 꼈다. 새하얀 피부에 파란 눈을 가진 남자친구가 부끄러운 듯 살짝 얼굴을 붉혔다. 짙게 화장한 디미트라보다 한참 더 어려 보였다. 마르타는 잔뜩 화난 표정으로 디미트라를 향해 눈을 흘겼다.

"파티?"

내가 되물었다.

"그래, 파튀! 뭐, 셔츠가 후줄근하긴 한데 늦었으니까 그냥 입은 대로 가자. 고맙단 얘긴 나중에!"

디미트라는 나를 마르타 곁으로 밀어붙이더니 남자친구를 재촉해 앞장섰다. 나는 대답도 안 했는데 디미트라와 남자친구는 어느새 멀찍이 가 버리고 골목에는 나와 마르타만 남았다. 마르타는 제 언니를 향해 다시 한번 씩씩대다가 검은색 구두코를 바닥에 톡톡 차면서 내 눈치를 살폈다. 아이섀도를 퍼렇게 칠한 것만 빼고 나머지는 꽤 정상이었다. 구슬 장식이 달린 블라우스에 청바지. 파티라고 특별히 신경 쓴 옷차림이라곤 끝이 뾰족한 플랫 구두뿐이었다.

"뭐…… 싫으면 안 가도 돼."

마르타가 머뭇거리며 말했다.

"아빠한테 허락……."

"관둬!"

마르타가 왈칵 울음을 터뜨렸다.

"아니, 싫다는 게 아니라……."

"관두라고!"

마르타는 자기 집 쪽으로 뛰어가기 시작했다. 나도 덩달아 달렸다. 내가 왜 이 여자애를 쫓아가야 하는지 몰랐지만 일단 뛰었다. 하긴 마르타와 나는 같은 공동주택에 살지 않나. 맹렬하게 달리던 마르타는 얼마 못 가서 골목 모퉁이에 멈춰 섰다.

"디미트라는 못된 년이야! 항상 나만 따돌려!"

마르타가 헉헉거리며 말했다. 사연이 많은 자매들이었다. 아니, 남매들이었다. 가출 소년까지 합쳐서. 나는 다 집어치우고 집에 들어가 침대에 눕고 싶었다. 간밤에는 여객선에서 요나의 드라마를 시청하느라 한잠도 못 잤으니까.

"나도 콘스탄티노스랑 같이 집을 나갔어야 했어."

마르타가 말을 이었다. 오늘 밤은 마르타의 이야기를 들으며 밤을 새우게 되나, 잠깐 걱정이 되었다. 하지만 여자애가 우는 건 정말 질색이다.

"어딘데? 파티 장소."

그제야 마르타의 마스카라 번진 눈이 환하게 웃었다. 마르타는 어깨에 멘 작은 핸드백에서 손거울을 꺼내더니 눈 밑에 번진 마스카라를 닦아 내고 입술에 립글로스를 칠했다.

걸어가는 내내 마르타는 파티라고는 처음 가 보는 애처럼 즐겁게 재잘거렸다.

"파티는 디미트라 절친 집에서 해. 마리아라고, 무지 부자야. 콜로나키 쪽으로 너도 못 가 봤지? 거긴 우리 동네랑 완전 딴판이래. 디미트라는 마리아 집에 여러 번 놀러 갔으면서도 나는 한 번도 안 데려갔어. 치사하게! 그 집은 방이 무지하게 많다는데, 왜 영화에 보면 고성 같은 데 손님방이 막 화려하게 꾸며져 있잖아. 나도 손님방에서 한번 자 보고 싶어. 진짜 멋질 거야."

마르타는 박수까지 치며 흥분했다.

"근데 이번엔 파자마파티는 아니야. 그래도 멋진 대학생 오빠들이 많이 올 거래. 마리아가 분명히 나도 초대했는데 디미트라는 나보고 파트너가 없으니까 빠지라는 거야. 그리고 레오니스가 자기 거야? 언제는 당장 쫓아낼 것처럼 굴더니 이제는 짝 달라붙어서, 아주 꼴사나워 죽겠어."

레오니스. 아무래도 디미트라의 파트너가 레오니스고, 레오니스가 '그놈'이 틀림없었다.

"디미트라 남자친구가 레오니스야?"

"남자친구? 웃기지도 않아. 그 애가 잘생겼으니까 남들한테 과시하고 싶은 것뿐이야. 하지만 레오니스는 아니지. 지가 아빠 아들하고 사귈 수 있어?"

마르타는 흥분해서 목소리를 높이다가 손으로 입을 탁 막았다. 내가 놀란 눈으로 쳐다보자 마르타는 애써 눈길을 피하며 앞서갔다. 우리는 어둑해진 건널목에 서서 신호등이 초록색으로 바뀌기만 기다렸다. 잠깐 침묵이 흘렀다.

"좋아, 그 앤 죽은 우리 아빠 아들이야. 우리랑 동갑이고."

마침내 마르타가 입을 열었다.

"무슨 말인지 알지? 엄마 아들이 아니라고. 쳇! 어차피 숨길 일도 아니야. 공동주택 사람들도 벌써 다 알걸. 낯선 애가 드나드는데 타냐 아주머니가 가만있었겠어? 꼬치꼬치 캐물어서 다 알아냈지. 그 애가 보육원을 나와서 우리 집에 온 지 일주일 됐어. 콘스탄티노스는 걔 때문에 집을 나간 거야."

애기가 이상한 방향으로 흘러가고 있었다. 죽은 아빠의 아들, 보육원. 심장이 발길질을 시작했다. 젠장, 이런 얘길 듣고 싶진 않다. 금지 단어가 들어 있다. 나는 그대로 도망가려고 방향을 틀었다.

"야, 건너자!"

마침 신호가 바뀌고 마르타가 내 팔을 확 잡아끌었다. 건널목을 건너자 화려한 조명을 밝힌 아티카 백화점이 보였다. 파네피스티미우, 부크레스티우, 아메리키스, 스타디우. 무려 네 개의 거리를 점령한 백화점은 도도해 보였다. 명품 옷을 빼입은 마네킹이 커다란 쇼윈도에 갇힌 채 미소 지었다.

"아테네에 아티카 백화점이 생겼을 때 난리도 아니었어. 사람들이 줄을 이만큼 늘어서서 입장했다니까. 물론 나도 그 역사적 현장에 끼어 있었지. 엄마한테 마네킹이 신고 있던 부츠를 사 달라고 졸랐다가 혼났던 기억이 나. 안에 들어가 봤어? 진짜 화려해."

마르타는 파티 따위는 잊은 듯 백화점 앞에 서서 움직이지 않았다. 종잡을 수 없는 애였다. 비밀스러운 집안사를 낯선 남자애한테 다 까발리고도 몇 초 만에 딴 얘기를 할 수 있는 저 태연함. 하긴 일주일 동안 남의 집에 숨어 살았던 쌍둥이 남동생도 정상은 아니다.

"아니, 우린 리들만 가."

내가 한참 만에 대꾸했다.

"그야, 우리도 마찬가진데 뭐. 백화점에 꼭 살 게 있어야 가니? 구경하러 가는 거지."

"사지도 않을 걸 뭐하러 가. 시간 낭비야."

나는 아빠가 리들에 가는 것도 이해 못 하는 사람이다. 사지도 않을 전자 제품을 뭐하러 구경하나.

"럭셔리한 데를 가 봐야 눈이 높아져. 패션 감각도 좋아지고. 우아, 저 꽃 좀 봐. 장미가 내 머리만 해."

마르타가 이번엔 꽃집 쇼윈도에 이마를 대고 말했다. 3층 높이의 꽃집 안에는 장미, 수국, 라눙쿨루스 들이 현란한 조명을 받은 채 고개를 빳빳이 쳐들고 자태를 과시했다. 이쪽 동네는 무슨 꽃집이 이렇게나 많고 화려한지 마네킹처럼 도도한 꽃들이 쇼윈도마다 우리를 노려보고 있었다. 장미가 무섭기는 처음이었다. 뭐든 대충 하는 아테네 사람들이 가장 전문가처럼 보이는 곳이 있다면 바로 꽃집이었다. 아테네 사람들은 꽃이라면 돈을 아끼지 않았고 어느 동네 꽃집도 장사가 다 잘됐다.

"너, 우리가 찬성했을 거라고 생각하지 마. 디미트라는 그 애를 내쫓으려고 했어."

이제 그놈 얘기라면 됐다. 하지만 마르타는 한번 벌린 입을 닫지 않았다.

"언니가 흥분한 걸 네가 봤어야 했는데. 볼만했어. 성깔 진짜 사납거든. 정말 웃기지도 않지. 아빠가 죽은 지가 16년이야. 그 앤 도대체 어디서 우리 소식을 주워듣고 온 거냐고. 그런 드라마 같은 일이 현실에서 더 자주 일어나는 거, 너 아니?"

그럼. 내가 모를 리가.

"레오니스네 보육원 재단이 어려워지는 바람에 애들을 다른 시설로 옮기게 됐다는 거야. 레오니스는 보육원에서 가장 큰 애였기 때문에 보육원장이 하는 일을 그전부터 돕고 있었대. 그렇게 애들 서류를 같이 정리하다가 자기 서류를 보게 된 거야. 그때 자기 아빠가 그리스 사람이라는 걸 알게 됐대."

"그럼 여태 뭔 줄 알았는데?"

"모르지. 러시아? 보육원은 러시아 쪽 재단이었나 봐."

보육원장은 16년이나 지난 서류를 구태여 감추지 않고 레오니스에게 보여 주었다. 만약 레오니스가 그리스인 아버지를 찾게 된다면 나쁠 것도 없지 않은가. 하지만 레오니스가 찾은 건 자기가 태어나기도 전에 아버지가 죽었다는 사실과 아버지의 가족이 보육원에서 고작 한 블록 떨어진 동네에 살고 있다는 골 때리는 사실이었다.

"우리 엄만 좀 덜떨어진 사람이야. 레오니스를 보자마자 울더라. 그거 알아? 레오니스, 우리 아빠랑 완전 닮았어. 그 꼴을 보고는 콘스탄티노스가 집을 나간 거야."

그다음은 내가 본 그대로였다. 하루 이틀이면 돌아올 줄 알았던 아들이 돌아오지 않자 바소 빌루 아주머니는 온 동네에 전단지를 붙였고 누나들은 살찌고 못생긴 남동생보다 새로 들어온 남자애한테 마음을 빼앗겼다. 녀석은 생긴 것부터 하는 짓까지 흠잡을 데가 없었다니까.

"레오니스는 예절 바르고 매너도 좋아. 그래서 싸가지 디미트라는 제 동생이 없어져도 눈 하나 깜짝 안 한다고. 나쁜 년."

마르타의 이야기는 언니 흉으로 끝을 맺었다. 어느새 우리는 리카비투스 언덕이 보이는 오르막길의 끝에 도착해 있었다. 새하얀 아파트, 꽃무늬 차양이 드리운 3층 베란다에서 왁자지껄한 웃음소리가 들려왔다. 마르타는 엘리베이터에 몸을 실었다. 사방이 유리인 엘리베이터는 금세 우리를 3층으로 데려다주었다.

"오오, 마르타! 어서 와. 남자친구도 왔구나?"

몸에 꼭 끼는 은빛 드레스를 입은 여자가 우리를 맞이했다. 디미트라의 친구 마리아였다. 마리아는 마르타에게 한쪽 눈을 찡긋하더니 무알코올이라며 칵테일 두 잔을 건넸다.

"왜 우리는 무알코올이야? 자기들은 진짜 술 마시면서."

마르타가 칵테일을 홀짝이며 투덜댔다. 널찍한 거실은 손님들로 꽉 들어찼고 한편에는 뷔페식당에서나 볼 수 있는 음식들이 가지런히 차려져 있었다.

"얘들아, 오늘 실컷 놀아 보자!"

마리아가 샴페인을 따며 외치자 음악 소리가 커지고 여기저기서 환호성이 터져 나왔다. 마리아와 디미트라의 동급생 친구들을 빼면 손님들 대부분은 마리아의 오빠, 파리스의 친구들이었다. 영국 대학으로 유학 갔던 파리스가 여름방학을 보내려고 그리스로 돌아온 것이다. 고등학생 여자애들에게 둘러싸여 런던의 최근 패션 경향에 대해 지껄이던 파리스는 마르타를 발견하곤 반가운 듯 다가왔다.

"마르타? 우리 꼬맹이가 이렇게 컸구나."

파리스는 마르타의 머리칼을 헝클면서 새로운 칵테일을 건넸다.

"파리스 오빠, 머리 스타일 진짜 멋져요."

"말도 마. 한 달 기다려서 겨우 자른 거야. 런던은 그래."

파리스가 앞으로 쏟아진 머리칼을 넘기며 마르타에게 윙크를 했다. 마르타는 자지러지게 웃었다. 그때부터 마르타는 곱슬머리를 비비 꼬며 자꾸만 파리스 주위를 기웃거렸다. 마르타뿐이 아니었다. 여자애들은 파리스가 셰이커를 흔들 때마다 과장된 웃음을 터뜨리며 눈을 깜빡였다. 파리스가 만든 칵테일을 홀짝이는 여자애들의 눈빛은 점점 좀비처럼 변해 갔다.

나에게 말을 거는 여자애는 아무도 없었다. 나는 슬쩍 맥주 캔을 집어 들고 베란다로 나갔다. 파리스가 만드는 칵테일은 내키지 않았고 콜라나 마시며 어린애처럼 보이기는 싫었다. 맥주를 따자 차가운 거품이 올라와 손가락을 적셨다. 3층 베란다까지 비에 젖은 흙냄새가 올라왔다. 거리를 장악한 스포츠카와 조명을 받아 새파란 물이 너울대는 야외 수영장이 보였다. 잘 정돈된 정원마다 야자수가 하늘거렸다.

"야아, 너 왔구낭?"

언제 나왔는지 디미트라가 내 등을 후려치며 말했다. 매섭던 눈매는 순한 강아지 눈으로 바뀌어 있었고 발음은 이상하게 꼬였다.

"여기 멋있지? 저어기, 아크로폴리스 봤어? 너네 외국인들 아크로폴리스라면 환장하잖아. 찬란한 고대 그리스 문명 어쩌고

하면서."

그제야 멀리 황금빛으로 빛나는 작은 아크로폴리스가 눈에 들어왔다. 이 동네는 지대가 높은 덕분에 아테네 시내가 훤히 내려다보였다. 아무리 그래도 자기 집 안마당에서 아크로폴리스를 볼 수 있다니 놀라웠다. 테오도루는 빽빽이 들어찬 상가와 고층 건물로 언제나 그늘졌고 유적지의 찬란함과는 등 돌린 동네인데.

"옛날에 대단했음 뭐하니. 지금 그리스 꼴 좀 보라지. 그건 그렇고 넌 언제부터 여기 살았어?"

디미트라가 난간에 기대며 물었다.

"초등학교 3학년."

"너 진짜 그리스 사람처럼 말하는 거 알아? 레오니스보다도 발음이 좋아. 걘 러시아 억양이 너무 강하거든. 근데 왜 '로' 발음이 안 되냐? 자, 따라 해 봐. 혀를 이렇게 만 다음에 굴려 보라고. 아크로오오……!"

디미트라는 한껏 과장되게 혀를 굴린 다음 새파란 눈꺼풀을 깜짝거리며 나를 재촉했다.

"아크로폴리스에 환장하는 외국인이라 그런가 보지."

나는 맥주를 한 모금 들이켰다. 조금은 친해졌다고 생각한 내가 우스웠다. 같은 주택에 살아도, 함께 파티에 와도 이 애들에게 나는 외국인일 뿐이다.

"한국인들은 글리파다나 키피시아에 살던데 너흰 왜 우리 동네 살아?"

디미트라의 옅은 밤색 눈동자가 나를 말끄러미 바라보았다. 진짜 궁금해서 묻는 건지 비꼬는 건지 알 수 없었다.

나는 딱 한 번 아빠와 글리파다에 가 보았다. 초등학교 때였다. 한국인 친구를 여럿 둔 니코스 아저씨가 우리를 한인 파티에 억지로 끌고 간 것이다. 새로 온 아빠와 나를 둘러싸고 한국 사람들이 이것저것 물어보기 시작했다. 오모니아 광장 근처에 산다고 하니까 어떤 아주머니가 혀를 끌끌 차며 말했다.

"어머머…… 어쩌다가? 거긴 빈민이나 불법체류자 들이 득실대는데. 정보가 부족했나 보다. 거긴 우리 한국 사람들이 살 데가 못 돼요."

아주머니는 말끝마다 우리 한국 사람, 우리 애들은, 하면서 한국 사람을 하나로 묶어서 말하는 버릇이 있었다.

"우리가 집 좀 알아봐 줘요? 우리 사는 쪽으로?"

아주머니는 정말 친절한 사람이었다. 하지만 아빠가 "아뇨. 우린 이대로가 좋아요."라고 하자 갑자기 떨떠름한 표정이 되어 우리를 아래위로 훑어보다가, 다른 '우리 사람들' 쪽으로 가 버렸다.

어떤 남자애는 하필 부모님이 수영장도 없는 집을 계약했다며 친구들 보기 쪽팔려서 초대도 못 한다고 불평했다. 그러고는 나보고 왜 멀쩡한 영국계 국제학교 놔두고 그리스 공립학교를 다니냐고 물었다. 내가 국제학교가 뭐냐고 되물었더니 애들이 웃음을 터뜨렸다.

"그리스 애들이랑 학교 다니면 그리스어 잘하겠네? 그리스어 좀 해 봐."

불쑥 한 아이가 말했다. 내가 시키는 대로 그리스어를 하자 아이들은 킬킬거리더니 한 마디씩 했다.

"완죤 이상해. 한국 애가 그리스말 잘하는 건 첨 봤어."

"그리스어는 뭐하러 배워? 나중에 써먹을 데도 없는데."

"하긴 너는 한국에 안 돌아간다며? 혹시 이중국적? 그거 괜찮지. 나중에 군대 안 가도 되고."

애들은 나를 두고 자기들끼리 떠들었다. 하지만 난 이중국적이 아니었고, 그리스 남자들은 모두 군대를 가야 한다는 것도 그 애들은 몰랐다.

"그리스는 이제 진짜 디폴트되는 거 아니냐?"

"디폴트?"

"얌마, 국가부도! 유로존에서 퇴출되면 더 큰일이고. 그러니까 여기 있는 동안 틈틈이 북유럽 쪽으로 갔다 와야지 나중에 할 말이라도 생긴다."

작년에 스칸디나비아를 여행했다는 고등학생 형이 말했다. 애들은 그리스가 후진 관광국이라며 험담을 늘어놓더니 여름방학에 어디로 여행할 건지 영어로 말하기 시작했다. 그다음부터는 아무도 나에게 말을 걸지 않았다. 니코스 아저씨는 우리를 내버려 두고 한국인 아저씨들과 어울렸다. 아빠와 나만 사람들과 떨어진 채 잡채와 갈비탕을 먹었다.

집으로 오는 트램에서 자꾸만 잡채 맛 신물이 올라왔다. 올리브유로 볶은 잡채는 너무 느끼했다. 트램에서 내려 매캐한 향신료 향이 퍼지는 오모니아 시장통으로 발을 내디뎠을 때, 그제야 배 속에서부터 크르륵 트림이 나오고 속이 편해졌다.

"우리 동네가 어때서. 난 테오도루가 좋아."

나는 디미트라를 돌아보며 말했다. 하지만 베란다에는 아무도 없었다. 디미트라는 그새 사라지고 시원한 바람이 불어와 뺨을 간질였다. 나는 맥주 한 모금을 더 들이켰다. 김빠진 맥주는 싱거웠다.

거실로 들어서자 소파 끝에 혼자 서 있는 레오니스가 보였다. 레오니스는 칵테일 잔만 만지작거렸다. 녀석도 파티 스타일은 아닌 듯 보였다. 내 쪽으로 레오니스가 쭈뼛거리며 다가왔다.

"저어……."

내가 걸음을 멈추자 레오니스가 말을 이었다.

"너지? 오늘 아침에 찾아왔던. ……콘스탄티노스는?"

"나도 몰라."

"저어, 너도 날 싫어하지?"

나는 어깨를 으쓱했다. 따지고 보면 레오니스를 싫어할 이유는 없었다. 아니, 내가 왜 레오니스를 싫어하거나 좋아해야 하는가.

오늘 아침까지만 해도 나는 콘스탄티노스나 레오니스, 그리고 그 못 말리는 자매와 아무 상관 없는 사람이었다. 어쩌자고 저 집안 애들과 엮이게 된 건지, 후회스러울 따름이다.

"다시 보거든 꼭 좀 돌아오라고 전해 줘. 바소 아주머니랑 누나들이 걱정 많이 한다고. 특히, 디미트라 누나는 괜히 아닌 척 일부러 그러는 거야."

허, 녀석은 벌써부터 그들의 가족이 된 것처럼 굴고 있다.

"너만 나가면 되는 것 아니냐? 콘스탄티노스가 그랬어. 그놈이 쫓겨나기 전엔 절대 안 들어간다고. 그놈이 너 아니야?"

창백했던 레오니스의 얼굴이 새빨갛게 물들었다. 녀석은 손에 든 새파란 칵테일을 단숨에 들이켰다.

"그냥…… 난 가족이 필요했던 것뿐이야."

"네 가족은 아니지."

레오니스는 아무 대꾸도 못 한 채 고개를 푹 숙였다. 데친 시금치같이 물렁한 녀석. 누가 뭐라고 쏘아붙여도 말 한마디 당당하게 못 하고 보육원 애들이 우르르 몰려들어 때려도 그대로 맞았을 녀석. 이국적으로 생긴 탓에 끊임없이 놀림받았을 테고 친구 하나 없었겠지. 녀석의 잘생긴 얼굴 뒤에 숨겨진 진짜 얼굴이 내 눈에는 다 보인다. 하필 왜 내 앞에 나타난 건가. 나와 무슨 상관이라고.

나는 소파에 앉았다. 빈속에 마신 맥주가 금세 온몸으로 퍼졌다.

"아하하하!"

디미트라의 실없는 웃음소리가 들렸다. 디미트라는 한 손에 칵테일을 들고 벽난로 옆에 서서 술에 취한 남자와 얘기를 나누던 중이었다. 대학생으로 보이는 남자는 귀 옆으로 한 가닥 늘어뜨린 디미트라의 머리칼을 만지작거렸다. 레오니스가 다가가 남자의 손을 툭 떨궜다. 남자는 아랑곳 않고 디미트라의 허리를 잡고 귓속말을 했다. 디미트라는 웃음을 터뜨리며 남자의 가슴을 밀치다가 비틀거렸다. 레오니스가 디미트라의 팔을 잡고 휘우뚱한 몸을 부축했다.

"넌 뭐냐?"

결국 참다못한 남자가 레오니스에게 시비를 걸었다.

"레오니스."

레오니스가 담담하게 말했다.

"그니까 레오니스, 왜 끼어드냐고? 뭔데?"

"도, 동생이야."

녀석이 순간 나를 힐끗 보며 말했다. 녀석의 새파란 눈동자가 진지했다.

"아아, 난 또 뭐라고. 좀 비킬래? 너네 누나랑 한창 재밌는 중이잖아."

남자가 레오니스를 밀어냈다. 디미트라는 두 남자의 신경전을 즐기듯 지켜보며 킬킬거렸다. 파리스가 다가와 디미트라에게 새 잔을 쥐여 주고 제 친구에게 한쪽 눈을 찡긋했다. 기분 나쁜 윙크였다.

나는 그제야 소파에 앉은 다른 여자애들을 살펴보았다. 모두 칵테일을 하나씩 쥐고서 대학생들 옆에 앉아 있었다. 그중 한 명이 디미트라의 친구 한 명을 데리고 어두운 복도로 들어가는 모습이 보였다. 마리아의 집은 방이 여러 개라고 마르타는 부러운 듯 말했었다.

'나도 손님방에서 한번 자 보고 싶어.'

누가 머리통을 후려친 것처럼 얼얼했다. 나는 자리에서 벌떡 일어섰다. 무리 속에 마르타는 없었다. 식당으로 달려갔더니 냉장고 옆에서 커플이 키스를 하고 있었다. 다시 거실로 나왔다. 조금 전까지 칵테일을 만들던 파리스가 보이지 않았다.

"파리스 어딨어?"

아무나 붙들고 물었다.

"아까 어떤 여자애랑 방으로 들어가던데?"

나는 놈의 멱살을 잡고 흔들었다.

"어디? 어느 방?"

기다란 복도에는 양옆으로 방이 세 개씩 달려 있었다. 아파트가 무슨 호텔도 아니고. 나는 닥치는 대로 문을 열어젖혔다. 시커먼 방 안에 흐릿한 형체들이 엉겨 붙어 있었다.

"마르타! 마르타, 나와!"

불을 켜자 다급하게 브래지어를 추어올리는 마리아가 보였다. 나는 다음 방으로 뛰어갔다. 손잡이는 돌아가다 덜거덕거리며 멈췄다.

"마르타! 안에 있어?"

마구 문을 두드렸다. 내가 내지르는 소리에 거실에 있던 몇몇이 복도까지 쫓아 나왔다. 나는 디미트라에게 소리쳤다.

"젠장! 마르타가 없어졌어. 파리스가 술을 먹인 게 틀림없어."

디미트라가 두꺼운 눈썹을 깜짝거리더니 곧 매서운 눈매를 되찾고는 소리를 질렀다.

"무슨 소리? 마르타가 술을 마셔?"

마침 옆방에서 마리아가 나왔다. 빨갰던 입술은 주홍빛으로 번져 있었다.

"왜들 난리야?"

"마리아, 마르타가 없대. 술을 마셨나 봐. 어떡해? 내 동생 좀 찾아봐."

겁에 질린 디미트라가 안절부절못했다.

"어디서 재미 좀 보나 보지. 놔둬. 걔도 다 컸는데."

마리아가 웃으며 말했다.

"뭐어? 재미?"

디미트라의 눈이 괴물처럼 커졌다.

"왜 이래? 파티, 그럼 뭔 줄 알았니? 왜 촌년티 내고 난리야?"

마리아가 팔짱을 끼며 디미트라를 꼬나보았다.

"마르타는 고작 열여섯이야. 내 동생한테 네 오빠가 강제로 술을 먹였다잖아!"

"누가 강제로 먹여? 아까 보니까 입이 헤벌어져서 우리 오빠만 쫓아다니던데."

마리아의 말에 몇몇이 따라 웃었다. 순간 디미트라가 마리아의 머리채를 잡고 흔들었다. 마리아가 비명을 질러 대자 잠겼던 방문이 덜컥 열렸다. 방 안에서 파리스가 흐트러진 머리칼을 넘기며 나왔다. 디미트라는 마리아를 내동댕이치고 파리스에게 달려들었다.

"개자식! 내 동생한테 무슨 짓을 한 거야?"

디미트라가 하이힐로 마구 발길질을 하자 당황한 파리스가 복도 끝으로 달아났다. 레오니스가 쫓아가 주먹을 치켜들었다.

"어쭈, 계집애처럼 생긴 게 주먹질도 할 줄 아서?"

파리스가 비아냥거렸다.

"뭐 해! 날려 버려!"

디미트라가 소리쳤다. 레오니스는 머뭇거리며 자신의 주먹과 디미트라를 번갈아 쳐다보았다.

"본때를 보여 주라고!"

여왕의 명령에 레오니스는 주먹을 날렸지만 피해 달아나던 파리스의 다리와 엉켜 바닥으로 나뒹굴었다. 여기저기서 웃음소리가 터져 나왔다.

"니들 오늘 진짜 끝내준다."

마리아가 깔깔댔다.

구경꾼들이 몰려들어 바닥에 자빠진 파리스와 레오니스를 둘러쌌다. 그러거나 말거나 나는 열린 방 안으로 들어갔다.

희미한 전등 빛이 흰 침대 시트를 비췄다. 시트 위에 커다란 베개 두 개와 테디베어가 보였다. 바닥에 축 처진 맨다리가 보였다.

"마……르타?"

이상한 분노가 목 끝까지 차올랐다. 어두운 창문 쪽에서 진한 담배 연기만 뿜어져 나왔다. 목에 숨이 덜크덕 걸려 내려가지 않는다. 곧이어 들려오는 히스테릭한 웃음소리. 나는 천천히 침대를 돌아 창문 쪽으로 다가갔다. 새빨간 립스틱을 칠한 까만 머리 여자가 나를 보며 깔깔댔다. 그때 디미트라가 뛰어 들어오더니 여자를 부둥켜안고 흔들었다.

"마르타, 마르타. 내 동생! 다 내 잘못이야. 언니가 잘못했어."

여자는 실성한 사람처럼 배를 붙잡고 웃었고, 디미트라는 그제야 고개를 들었다. 나는 밖으로 나갔다. 바닥에 퍼진 파리스를 마리아와 친구들이 일으키고 있었다. 나는 비치적거리며 혼자 일어서는 레오니스를 내버려 두고 나머지 방을 하나하나 확인하기 시작했다. 마르타는 어디에도 없었다. 마지막으로 화장실 문

앞에 서자 안에서 희미한 신음이 들려왔다. 심장이 제멋대로 박동했다. 문을 왈칵 잡아당겼다. 안에서 구슬 달린 블라우스, 청바지를 입은 말라깽이 여자애가 변기를 부여잡고 날 쳐다봤다.

"찾았잖아."

내가 말했다.

"나, 막 이상해."

"……나도."

나는 그대로 타일 바닥에 철퍼덕 주저앉았다.

"있잖아, 땅이 여기까지…… 올라오는 거야. 진짜 웃겨."

마르타는 변기 물에 젖은 머리를 내 어깨에 기대며 실실거렸다.

"너, 날 이상한 애라고 생각하지?"

"술을 마셔서 그런 것뿐이야. 파리스가 나빴어."

"아니, 우리 집 얘기……. 언제 봤다고 너한테 별 얘길 다 지껄이고……. 나, 꼭 정신 나간 애 같지?"

마르타는 울먹이며 말을 이었다.

"뭐 어때. 그럼 그런 얘길 친한 애들한테 떠벌리니? 그걸 창피해서 어떻게 말해."

그러니까 생판 모르는, 앞으로도 아무 상관 없을 게 뻔한 위층 외국 애한테 속을 털어놓는 거다? 나쁘지 않다. 말을 꽝꽝 얼려두는 애들보다야 낫지. 그런 애들은 항상 불안해해. 누가 냉동고의 문을 열면 어쩌지? 그 안에 감추어 둔 비밀을 들키면?

"우리 엄마는 평생 아빠만 사랑했어. 지금도. 그런데 아빠가 배신한 거야. 어떻게 그럴 수 있니? 그런 사람을 어떻게 아직도 사랑해? 내가 젤 이해할 수 없는 사람은 엄마야! 레오니스가 아빠랑 너무 닮은 것도 구역질 나."

마르타는 그 말을 하면서 다시 한번 변기 속에 머리를 박았다.

"엄만 정말 바보야! 죽은 사람을 어떻게 미워하냐면서 용서하래. 레오니스는 또 무슨 죄냐면서. 자기가 무슨 성모마리아야?"

마르타는 딸꾹질을 해 가며 하소연을 늘어놓았다. 오늘 처음 본 여자애랑 남의 집 욕실에서 뭐하는 짓인지 몰랐다.

"그래도 엄마가 있다는 게 나쁘진 않잖아."

고개를 든 마르타가 속눈썹을 깜빡거렸다.

"무슨 소리?"

"난 없어. 고등학교 땐가 나 낳고 사라졌어."

"세상에……! 정말 안됐다."

마르타가 잔뜩 얼굴을 찡그리고 말했다.

"난, 뭐, 괜찮아."

그까짓 거, 아무렇지도 않다.

"아니, 네 엄마 말야. 고등학생 때 아이를 낳았다며. 안됐다고. 디미트라가 애를 낳았다고 생각해 봐. 너무 끔찍해. 아니, 언니는 절대 아이 같은 건 낳지 않았을 거야. 그러니까 네 엄만, 널 버렸다 해도 용서받아 마땅해."

성녀 같은 자기 엄마는 이해할 수 없다더니, 이건 대체 무슨 관용 넘치는 논리인지 모르겠네.

"한 번도 못 봤어?"

마르타가 옅은 밤색 눈동자로 나를 처다보았다. 나는 한참 만에 고개를 저었다.

"안 보고 싶니?"

"내가 왜?"

"괜히 쿨한 척하지 말고. 난 항상 아빠가 보고 싶었어. 그런데…… 어이없어, 레오니스로 환생해서 나타난 거야. 뭐가 이러니?"

마르타는 머리칼을 두 손으로 휘어잡고는 마구 잡아 뜯으며 외쳤다.

"우리 아빠는, 우리 아빠는 진짜……."

"진짜 뭐? 개새끼라고?"

내가 거들었다.

"그래 그거!"

마르타가 신나서 소리쳤다. 우리는 동시에 웃음을 터뜨렸다.

"언니한테 갈래."

마르타가 변기를 잡고 일어섰다. 내가 마르타의 손을 잡아 주었다. 차가운 손가락을 잡자 치밀어 올랐던 분노 같은 것이 스르르 꺼졌다. 마르타를 부축하고 복도를 지나는데 모두 말없이 길을 비켰다.

"너랑은 끝이야! 감히 날 속여?"

디미트라가 마지막으로 마리아를 향해 주먹을 휘두르고는 집을 나섰다.

"그깟 일로 유난은. 여기 하나같이 매너 좋고 집안 좋은 오빠들이야. 그리고 디미트라, 너 참 대륙적으로 논다? 러시아 애랑 중국 애가 네 취향이었어?"

뒤에서 마리아가 비아냥거렸다. 디미트라는 뒤도 돌아보지 않고 마리아를 향해 가운뎃손가락을 치켜들었다. 옆에서 레오니스가 조용히 그 손을 내렸다. 졸지에 중국 애가 된 나는 마르타와 함께 그 뒤를 따랐다.

오모니아 광장이 보일 때까지 우리는 아무 말도 하지 않았다. 늦은 시간이었는데도 토요일 밤거리는 사람들로 북적댔다. 근처에서 결혼식 뒤풀이가 있었는지 손에 흰색 부케를 든 들러리들이 보였다. 들러리들은 똑같이 맞춰 입은 드레스를 무릎까지 치켜들고 하이힐이 꺾이지 않도록 조심스레 걷고 있었다. 지도를 들고 골목을 헤매던 외국인 관광객 두 명이 들러리들을 보고는 카메라를 들이댔다. 한껏 취한 들러리들은 일부러 우스꽝스런 표정을 지으며 포즈를 취해 주었다. 그 모습을 보자 나도 웃음이 나왔다. 앞에서 레오니스가 덩달아 웃었다.

"바보들. 니들은 지금 웃음이 나오냐?"

디미트라가 화를 버럭 냈다.

"토할 것 같아."

마르타가 전봇대로 뛰어갔다. 마르타를 쫓아가 등을 두들기던 디미트라가 전봇대에 붙은 콘스탄티노스의 사진을 보더니 박박 찢어 버렸다. 그러고는 종잇조각을 레오니스에게 던지며 분통을 터뜨렸다.

"얘가 내 동생이야. 네가 아니라고!"

속을 다 게워 낸 마르타와 디미트라가 얼싸안고 울기 시작했다. 나는 슬쩍 레오니스의 옆얼굴을 훔쳐봤다. 날카로운 턱 선과 오뚝한 코가 아테네 국립 고고학 박물관에 있는 아폴론 조각상을 닮았다. 이런 애가 콘스탄티노스와 같은 아빠를 가졌다고?

나는 어정쩡한 자세로 서서 두 자매가 울음을 그칠 때까지 기다렸다. 한참을 울고 난 자매는 다시 일어나 걷기 시작했다. 우리도 뒤를 따랐다. 어느새 대열은 마르타와 디미트라, 나와 레오니스로 바뀌었다. 아무도 말이 없었다.

"우리 아이스크림 사 먹고 갈까?"

키오스크 앞에서 내가 말했다.

"좋은 생각이야."

나머지 셋이 대답했다.

마르타는 체리, 디미트라는 캐러멜, 나는 피스타치오, 레오니스는 바닐라 아이스크림을 골랐다.

"한입 먹어 봐도 돼?"

마르타가 제 언니에게 물었다.

"안 돼!"

디미트라가 아이스크림을 높이 들어 올렸다.

"치사하게! 좀 먹어 보자."

둘은 또다시 다투기 시작했다.

05

불량 이웃

늦은 밤에 함께 집으로 돌아갈 이웃이 있다는 건 꽤나 안심되는 일이었다. 그 이웃이란 게 1분 간격으로 다투는 자매와 그 이복동생이 다였지만, 어느새 자정이 넘은 오모니아 거리는 꽤 으스스했기 때문에 디미트라와 마르타의 다투는 소리마저 고마울 지경이었다.

오모니아 광장으로 넘어오자 우리는 콜로나키에서는 보지 못했던 광경을 마주했다. 문 닫은 상점 앞에 진을 치고 누운 노숙자들, 맥주병을 손에 든 거지들이 거리를 메우고 있는 것이다. 그때 누군가 노래를 부르며 우리 뒤를 쫓아왔다. 겁에 질린 자매는 레오니스와 내 곁으로 바싹 붙었다. 우리 넷은 걸음을 서둘렀다.

"우헤헤헤!"

문 닫은 타베르나 벽에 기대앉은 술주정뱅이가 디미트라의 다리를 꽉 잡으며 해괴한 웃음을 터뜨렸다.

"꺄아아아악!"

디미트라가 소스라치게 놀라며 잡힌 다리를 마구 흔들었다. 레오니스가 달려들어 주정뱅이를 밀쳐 냈다. 주정뱅이는 이번에는 돈을 달라며 레오니스를 붙들고 떼를 썼다. 나와 마르타가 주정뱅이를 떼어 놓자 주정뱅이는 맥없이 고꾸라졌다.

"우씨! 시끄러워서 못 자겠네!"

옆에 있던 불룩한 신문지 더미에서 남자 목소리가 새 나왔다. 신문지 사이로 곱슬곱슬한 금발 머리가 보였다. 디미트라가 다짜고짜 신문지 더미를 후려쳤다.

"뭐야!"

신문지 더미가 소리를 질렀다.

"뭐긴 뭐야, 이 똥돼지야!"

신문지가 들썩이며 겁먹은 콘스탄티노스가 얼굴을 내밀었다. 디미트라는 녀석의 귀를 잡아당겼다.

"으이그, 고작 여기서 자려고 집 나갔냐? 이 등신, 이 바보!"

디미트라가 콘스탄티노스를 사정없이 때리기 시작했다. 콘스탄티노스는 저항하지 않고 얌전히 제 몸을 내주었고, 나는 디미트라의 승리를 예감하며 조용히 다음 단계를 기다렸다. 곧 제 엄마보다 무서운 큰누나의 손에 끌려 집으로 들어갈 테지. 하지만 반전이란 늘 예상 못 한 순간 일어난다.

"왜 때려? 내가 뭘 잘못했냐고!"

갑자기 콘스탄티노스가 소리를 지르며 디미트라를 밀쳤다. 느 닷없는 공격에 디미트라가 엉덩방아를 찧으며 주저앉았다. 그사 이 콘스탄티노스는 골목길로 달아났다. 레오니스가 재빠르게 그 뒤를 쫓았다. 내가 뒤에 남은 여자들 사이에서 어쩔 줄 모르고 서 있자 디미트라가 소리쳤다.

"잡아!"

명령이 떨어지기가 무섭게 나도 콘스탄티노스가 사라진 쪽으 로 내달렸다. 어두운 골목에서 두 소년의 발소리가 타다닥 들렸 다.

"야! 거기 서!"

레오니스가 소리쳤다. 콘스탄티노스가 걸음을 멈추더니 뒤돌 아 씩씩거렸다.

"네가 뭔데? 넌 나한테 아무것도 아니야. 꺼져!"

콘스탄티노스의 살진 손가락이 공중에서 허우적거렸다.

"알았어. 그러니까 제발 집으로 들어가."

레오니스가 헉헉대며 말했다.

"네가 다 망쳤어! 모조리 망쳐 버리고 말았어!"

콘스탄티노스는 발을 쾅쾅 구르며 소리를 질렀다.

"알아."

"네까짓 게 뭘 알아?"

콘스탄티노스는 더 이상 도망칠 생각이 없어 보였다. 도무지 형제로 보이지 않는 두 소년이 마주 섰다.

"네가 나타나기 전까지 아빠는 나한테 선량한 남자였어. 그렇게 일찍 죽었어도, 우리만 덩그러니 남겨 놓고 그렇게 무책임하게 죽었어도 난 한 번도 아빠를 원망한 적 없었어. 근데 이젠 아냐. 이제 나한테 아빠 같은 건 없어. 네가 그렇게 만든 거야! 더러운 사생아!"

잠자코 당하던 레오니스의 잘생긴 얼굴이 일그러지고 있었다. 그때 하이힐을 손에 들고 맨발로 뛰어오는 디미트라가 보였다. 멀찍이서 마르타가 헉헉대며 뒤따랐다.

"쟤, 당장 잡아!"

디미트라가 외쳤지만 레오니스는 움직이지 않았다. 아폴론 조각상이 되어 조용히 콘스탄티노스만 노려보았다. 그러는 사이 콘스탄티노스는 몸을 돌려 달리기 시작했다.

"절대 안 들어가! 배신자들, 니들끼리 잘 먹고 잘 살라고!"

통통한 엉덩이가 실룩대며 어둠 속으로 사라졌다. 레오니스의 날 선 콧등이 달빛에 비쳤다. 레오니스는 싸늘한 눈빛으로 입술을 움직이며 뭐라고 중얼거렸는데 모르는 언어였다. 낯선 외국어는 꼭 이상한 주문처럼 들렸다. 그제야 녀석이 낯설게 보였다. 지나치게 투명한 피부색과 푸른 눈, 회색빛이 도는 갈색 머리칼. 그 애는 그리스인들이 보기에 외국인이었다. 나처럼.

"바보 멍청이들!"

디미트라가 악을 써 댔다.

"눈앞에 세워 놓고 놓치냐?"

레오니스는 죄인처럼 고개를 숙이고 디미트라의 성질을 고스란히 받아 냈다. 하지만 나는, 내가 왜 그래야 하는가. 이런 후미진 골목길에서 이 애들과 엮일 이유가 나에게는 없었다. 나는 천천히 몸을 돌려 군데군데 고인 구정물이 내 바지에 튀지 않도록 조심하며 골목을 빠져나왔다. 내 뒤통수에 대고 디미트라가 소리쳤다.

"저 싸가지! 여태 놀아 줬더니 지금 와서 내빼냐?"

누가 누구랑 놀아 줬다는 건지. 여자애들은 이래서 같이 어울리면 안 된다. 대다수의 여자애들은 전생에 귀족 아니면 여왕이었는지 자신도 모르게 남자애들을 하인처럼 부려 먹고 그걸 당연하게 여긴다.

"저기 민수……."

마르타가 내 이름을 부르며 따라왔다.

가끔 이런 여자애가 있기 마련인데 탄압이 심한 맏이와 철부지 동생 사이에 끼인 가운데 아이가 주로 그렇다. 나는 이런 중간계급 또한 믿지 않는다. 중간계급은 준비된 폭군이다. 내재된 분노가 스멀스멀 기어 나오기 시작하면 폭군보다 더한 탄압을 하는 거다.

"따라오지 마."

나는 마르타를 보지도 않고 말했다.

"같이 가자."

마르타는 몸을 바싹 내 쪽으로 붙였다.

"뭐야?"

내가 멈칫하자 마르타가 속삭였다.

"저것 좀 봐. 나, 무서워."

어둠 속에는 조각상처럼 뻣뻣이 선 레오니스와 성난 디미트라가 보였다. 디미트라는 콘스탄티노스를 놓친 분을 레오니스에게 몽땅 풀고 있었는데 구두를 던지고 가슴을 밀쳐도 바보 같은 레오니스는 잠자코 있었다.

"너 맞고 살았냐? 그 나이에 아직도 언니가 무섭게?"

"어, 언니는 원래 저래. 그러다 화 풀리면 다 잊고. 근데……."

"그럼 됐네."

나는 다시 휘적휘적 걸어갔다. 또다시 마르타가 내 곁으로 바싹 다가와 속삭였다.

"디미트라가 무섭다는 게 아냐. 쟤, 레오니스…… 좀 이상하지 않니?"

"병신같이 얻어맞고만 있는데 뭐가?"

나는 조금 전에 보았던 녀석의 싸늘한 눈빛을 애써 무시하며 대꾸했다.

"그냥 얻어맞고만 있는 게 정상은 아니잖아? 그리고…… 난 봤어."

마르타는 어깨를 움츠리며 말했다.

"하, 나도 봤어. 그럼 화도 안 내냐?"

"아니. 그 앤, 웃었어. 콘스탄티노스가 사라질 때도 언니가 막 때릴 때도."

"……웃었다고?"

"그래, 너도 봤어야 돼. 눈은 노려보는데 입은 웃고 있었어. 꼭 가면 쓴 악마처럼."

나는 레오니스 쪽을 쳐다봤다. 어느새 레오니스와 디미트라는 나란히 이쪽으로 걸어오고 있었다. 녀석의 얼굴은 멀쩡했다.

저녁도 못 먹은 데다 잠도 못 자서 머리가 어지러웠다. 그제야 아빠한테 아무 말도 없이 여태 돌아다니고 있다는 데 생각이 미쳤다. 걱정하고 있겠군. 한 시간도 넘게 잔소리를 할 것이다. 온갖 흉측한 괴담을 들먹이면서. 아빠의 말도 안 되는 괴담을 생각하자 웃음이 나왔다. 옆에서 마르타가 이상한 표정으로 날 쳐다보고 있었다.

"왜, 나도 무섭냐?"

"치! 무섭긴."

마르타가 눈을 깜짝거리며 새침하게 고개를 돌렸다.

우리는 가면서 괜히 한 번씩 레오니스를 힐끔거렸다. 마르타가 잘못 본 것이 틀림없었다. 녀석은 심각하거나 우울한 표정은 어울렸어도 도무지 웃게 생기지는 않았다.

초록색 차양이 드리운 잡지 가판대를 지나자 비뚜름히 서 있는 공동주택 단지가 보였다. 구질구질한 벽면마다 콘스탄티노스의 얼굴이 일그러진 채 웃고 있었다. 디미트라가 너덜너덜한 녀석의 얼굴을 떼어 내기 시작했다. 레오니스와 마르타 그리고 나도 그 뒤를 따르며 콘스탄티노스의 사진을 전부 떼어 냈다.

마침내 집에 도착했을 때 우리는 이 기나긴 밤이 아직도 끝나지 않았음을 보았다. 공동 현관 앞에서 아빠와 바소 빌루 아주머니가 마치 부부라도 된 양 나란히 팔짱을 끼고 우리를 노려보고 있는 것 아닌가.

"너, 이놈의 새끼!"

아빠가 달려들어 내 머리를 쥐어박았다. 에이씨. 여자애들이 보는데 무슨 짓이에요, 라고 대들 새도 없이 나의 불량 이웃들은 눈앞에서 사라지고 없었다. 우정이나 의리 따윈 애초부터 기대하지 말았어야 했다. 나는 아빠 손에 잡힌 채 곧장 집으로 끌려갔다.

"자식새끼들은 도통 부모 마음을 몰라. 애가 안 들어오면 부모들은 별의별 생각을 다 하거든. 길 가다 차에 치였나? 납치범한테 잡혀갔나?"

슬슬 시작이다. 곧 냉장고가 열리고 맥주가 나올 차례다.

"흐응? 맥주가 어딨더라?"

아빠는 냉장고에 얼굴을 밀어 넣고 두리번거렸다. 내가 손을 뻗어 맥주를 찾아 주었다. 언제나 왼쪽 맨 아래 칸. 아빠 스스로 맥주를 찾을 수 있을 때 나의 독립이 가능하리라.

"어, 땡큐."

아빠는 맥주 캔의 뚜껑을 땄다. 다음 차례는 베란다. 남들은 동네 창피해서 방문을 꼭꼭 닫은 채 잔소리를 할 테지만, 한국말로 떠들면 알아듣는 동네 사람이 아무도 없는지라 시원한 베란다는 아빠의 주 무대가 된다. 비좁은 베란다에 우리는 식탁 의자를 가져와 나란히 앉았다. 이런 불편한 자리에서 펼쳐질 긴긴 시간을 나도 뭐라도 마시며 버텨야 할 텐데 우리 집은 맥주만 가득할 뿐 음료수 같은 건 키우지 않는다.

"너 안 들어오니까 그제야 애 사진을 엽기적으로 붙여 놓은 그 애 엄마가 이해되는 거야. 밖에서 미친놈처럼 서성대는데 마침 바소 빌루 여사도 나와서 파티장에 간 두 딸내미와 죽은 남편의 아들을 기다리고 있다며 자신의 인생을 한탄하더라. 그도 그럴 것이 막내아들은 가출했지, 다 큰 여자애 둘은 연락도 없이 늦도록 안 돌아오지. 내가 봐도 그 엄마 참 빡돌겠더라. 그런데 그분, 침착한 모습을 유지하면서 내게 한마디 하시더군. 넌 분명히 가출했을 거라고. 아니, 어이가 없잖아. 그래서 내가 말했지. 우리

아들은 그럴 일이 없거든요? 그랬더니 자기도 아들한테 뒤통수를 얻어맞을 줄은 몰랐다나?"

아빠는 다 마신 맥주 캔을 한 손으로 구겼다.

"하지만 아들, 그 엄마는 그럴 짓을 했잖아. 안 그래? 진작에 콘스탄티노스가 그런 사정을 나한테 얘기했더라면 난 녀석을 우리 집에 숨겨 줬을 거다. 세상에! 난 전적으로 그 녀석 편이라고."

아빠는 이미 그 집 사정에 대해 상세히 알고 있는 눈치였다. 이놈의 동네는 도무지 사적인 비밀이란 없는가 보다.

"근데, 왜 죽었대요?"

나는 아까부터 궁금했던 대목을 물어보았다.

"죽긴 누가 죽어?"

"그 애들 아빠요. 콘스탄티노스는 자기 아빠, 본 적도 없대요. 혹시, 레오니스의 엄마가 죽였나?"

"야, 넌 왜 꼭 얘기가 미스터리 스릴러로 가냐?"

"어쩌다 그렇게 일찍 죽었대요?"

"그 남자, 콘스탄티노스가 태어나기 전 해에 바다에 빠져 죽었대."

"자살……?"

"쯧, 생각하는 거하고는……. 다이빙하다가 사고가 났다더라."

"다이빙? 스쿠버다이빙?"

"아니, 그냥 다이빙. 바다로 뛰어들었는데 운수 사납게 암초에 머리를 부딪힌 거지."

나는 그 장면을 상상해 봤다. 뜨거운 태양 빛이 내리쬐는 에메랄드빛 에게 해. 근사한 구릿빛으로 몸을 태운 남자가 탄탄한 몸매를 과시하며 바다를 내려다본다. 해변의 여자들이 남자의 몸을 훔쳐보며 차가운 프라페를 홀짝이고 있다. 남자는 근육질의 두 팔을 멀리 뻗고는 곧 온몸을 차갑게 식혀 줄 바닷물을 기대하며 몸을 던진다. 잠시 후, 푸른색 바다는 피로 물들고 남자는 시체로 떠오른다.

"이게 무슨 엽기 코미디 같은 얘기예요? 그걸 나보고 믿으라고? 뭐가 그렇게 허무해요?"

"아들, 죽음은 모두 허무한 거야. 더 어이없는 죽음도 많은 세상이라고."

아빠는 팔짱을 끼고 하늘을 올려다봤다. 반쪽짜리 달이 구름에 가려 있었다.

콘스탄티노스의 아빠는 바위에 머리를 부딪히는 순간 무엇을 느꼈을까. 자신에게 내일의 해가 떠오르지 않을 거라는 것? 새 생명이 자신도 없는 세상에 곧 탄생하리라는 것? 바소 빌루 아주머니를 생각하며 미안해했을까, 새로 사귄 애인을 떠올렸을까? 아니, 아무런 생각도 떠오르지 않았을 것 같다. 머리를 부딪혔으니까. 그저 아주 잠깐, 방금 부딪힌 게 바위인가, 커다란 상어의 이빨인가, 헷갈렸을지도 모른다. 억울한 죽음이었다. 억울한 거로 따지면 아빠도 없이 태어난 콘스탄티노스와 마르타, 그리고 레오니스도 만만치 않았다. 지난밤 골목길에서 서로를 빤히 노려보던 두 소년의 모습이 떠올랐다. 서로의 얼굴에 떠오른 증오심.

나는 맥주 캔을 쥔 채로 졸고 있는 아빠의 얼굴을 들여다보았다. 사람들은 아빠와 나를 보면 하나같이 형제냐고 물었지만 우리는 닮지 않았다. 그래서 나는 5년 만에 나타난 아빠를 전혀 알아보지 못했다. 닮지 않아도 상관없었다. 척 보는 순간 가슴에서 뭉클한 것이 솟구쳐 아빠의 품으로 단숨에 달려갈 줄 알았다. 하지만 아니었다. 나는 한참 동안이나 쭈뼛거리고 서서 낯선 남자의 얼굴을 쳐다만 보았다. 그 얼굴은 주름 하나 없이 너무 어려서 어색했고 너무 환해서 멈칫거리게 했다. 내가 보육원에서 인생을 배우는 동안 아빠라는 남자의 시간은 멈추어 있었던 것일까. 그가 마치 이웃집 형처럼 해맑은 웃음을 지으며 내 손을 잡았을 때 나는 이 다정한 남자가 차라리 형이나 삼촌이었으면 좋겠다고 생각했다.

아빠가 나타난 그날, 애들은 한껏 들떠 있었다. 모두들 마당으로 쏟아져 나와 검은 승용차를 타고 올 재벌 아저씨를 고대했다. 하지만 학생용 가방을 메고 걸어 들어온 아빠는 빈손이었다. 재벌은커녕 작은 선물 하나 없자 애들은 화가 날 대로 났다. 아빠는 내 동료들에게 과자 봉지라도 한 아름 안기고 떠나야 한다는 기초 상식조차 없었던 것이다. 그러니 내 동료들이 우리 등 뒤에 대고 욕하는 소리를 그날의 아빠가 들었을 리 없다. 아빠에겐 그런 귀가 없었다.

아빠의 머리가 내 어깨로 떨어졌다. 보통 때는 설교 도중에 맥주 다섯 캔을 먹고도 모자라는데, 그제 여객선에서 밤을 꼴딱 새운 탓에 이렇게 퍼져 버린 것일까, 아님 나이를 먹나. 이제 서른넷, 저 불쌍한 청춘도 하여간 나 때문에 꼴좋게 됐다. 뭐하러 찾아왔던 걸까. 5년이나 지나서.

보통 부모들은 일단은 한 달 후에 오겠다고 말한다. 실제로 한 달 후에는 과자를 사 들고 와서 다음 달에 진짜로 데리러 올게 하고, 또 한 달 후에 와서 용돈을 내밀고, 그러다 또 한 달, 또 한 달. 그러다 영영 오지 않는 게 정상이다. 그건 죄가 아니었다. 애들조차 그 이상은 기다리지 않았으니까. 미련하게 기다린 건 선재 형과 나뿐이었다. 그래서 우리는 보육원의 외톨이들이었다.

나는 여전히 알 수 없다. 왜 하루아침에 아빠가 사라졌는지, 내가 왜 어느 날 보육원 원장실에 앉아 내 이름 석 자를 내 입으로 말해야 했는지. 아빠는 나에게서 그를 미워할 권리마저 빼앗았다. 세상은 참회하는 죄인에게는 관용을 베풀지만 지나간 일을 낱낱이 헤아려 죄를 물으려는 소인배는 참아 내지 못하니까.

나는 아빠가 쥐고 있는 맥주 캔을 빼내 입에 대 보았다. 쓴 거품만 몇 방울 흘러나와 혀를 적셨다.

병신 같은 레오니스. 그 애는 왜 자기 아버지의 가족 따위가 궁금했던 것일까. 반쪽짜리 형제 같은 걸 찾아서 무엇하게? 그들이 자신의 가족이 될 수 있다고 믿은 걸까. 콘스탄티노스가 집으로 돌아오면 레오니스가 설 자리는 어디에도 없을 것이다.

그러니 레오니스, 내 말을 잘 들어. 콘스탄티노스가 돌아오기 전에 넌 떠나야 해. 가지고 온 짐을 몽땅 싸 가지고 그 집 사람들이 잠든 사이에 여길 떠나. 원래 네가 있던 자리로 돌아가는 거야. 네가 속한 세상으로. 빌루 가족이 너를 쫓아내기 전에. 쫓겨난다는 건 말이야, 버려진다는 건 말이야, 너도 알겠지만 기분 더럽거든. 내 말 듣고 있지?

눈두덩이 뜨겁게 달아올랐다. 어느새 들이친 아침 햇살 탓일 테지.

06
미스 바부시스

"갈로 히모나!*"

복도에서 마주친 옆집 아저씨가 반갑게 인사하면서 계단 밑으로 사라졌다. 매년 이맘때면 듣는 말인데도 여전히 적응이 안 된다. 9월 중순에 겨울 인사라니. 제대로 놀지도 못했는데 여름방학은 끝나 버렸고 새 학기가 시작되었다. 크레타 섬에서 돌아온 지 3주 만에 뜨끈한 그리스식 겨울이 된 것이다.

거리는 아침부터 분주했다. 몰려나온 직장인들과 학생들이 좁은 보도를 벗어나 차도까지 점령한 채 목적지로 향했다. 뒤에서 차들이 경적을 울려 댔지만 보행자들은 상관하지 않았다. 학교

겨울을 잘 지내라는 뜻의 인사. 긴 여름휴가가 끝나고 나면 으레 주고받는 인사말.

운동장으로 들어서자 애들의 복장이 완전히 바뀐 것을 볼 수 있었다. 검은색 일색이었다. 하여간 그리스 애들의 탁월한 계절 감각은 알아줘야 한다. 한낮이면 죄다 자켓을 벗어 던지고 반팔 차림으로 다닐 거면서 구태여 검정색 자켓을 걸친 걸 보라지.

오늘부터 내가 지낼 곳은 감마 3반이었다. 교실 문을 열자 지겨운 녀석들의 얼굴이 보였다. 미할리스와 요르고스, 그 둘이 벌써부터 책상을 여러 개 차지하고 거들먹대고 있었다. 미할리스는 여름내 살만 쪘는지 아버지 것으로 보이는 헐렁한 셔츠를 망토처럼 걸쳤고 요르고스 녀석은 금방이라도 곪아 터질 것 같은 여드름을 주렁주렁 달고 있다.

"야아, 민수. 또 같은 반이네? 너 아직도 너네 나라 안 갔냐?"

미할리스가 다가와 내 어깨를 툭 치며 물었다. 나는 대꾸도 하지 않고 멀찍이 떨어진 창가 쪽 자리에 앉았다.

"민수는 절대 여기 못 떠나. 그리스인이거든. 아마 한국말도 못할걸, 그치?"

내 자리까지 쫓아온 요르고스가 코를 파서 책상 귀퉁이에 묻히더니 그 손가락으로 내 머리칼을 헝클었다.

"우와. 난 외국인하고 같은 반 돼 보긴 처음이야."

앞자리에 앉은 주근깨투성이 주홍색 머리가 눈치 없이 끼어들었다.

"혼다! 삼숭! 맞지?"

주근깨가 말했다.

"새끼, 혼다가 아니라 혼다이거든? 혼다는 일본 거고. 혼다이 는 한국 거. 무식한 놈아."

미할리스가 아는 척을 했다. 나는 입을 다물고 녀석들이 마음 대로 지껄이도록 가만두었다. 한국이 혼다이나 삼숭 건가? 외국 인들은 애고 어른이고 한국에서 왔다고 하면 죄다 이런 식이었 다. 아아, 삼숭 휴대폰. 아아, 혼다이 자동차.

"야, 근데 너 북한 사람이야, 남한 사람이야?"

주근깨는 급기야 코레아에 대한 가장 원시적인 질문을 던졌다. 그 애가 미할리스나 요르고스보다 더 싫어졌다. 그때 탁탁탁 구 두 굽 소리가 울려 퍼지더니 어깨까지 곱슬머리를 늘어뜨린 바 부시스가 교실 문을 열고 등장했다. 미할리스와 요르고스가 동 시에 몸을 날려 제자리로 돌아갔다. 미스 바부시스. 굽 있는 구 두를 신고 머리를 기른 탓에 멀리서 보면 덩치 큰 여자 같다고 붙 여진 별명이었다.

"이런, 젠장……."

"바부시스가 담임? 돌겠네."

책상마다 한숨이 터져 나왔다. 나쁜 소문을 달고 다니는 미 스 바부시스는 수업 시간마다 학생 하나를 먹잇감 삼아 끝장을 보는 것으로 악명이 높았다. 일단 먹잇감으로 찍히면 갈가리 찢 길 때까지 벗어날 수 없었다. 미할리스 패거리와 미스 바부시스라니, 중학교 시절을 마무리하는 데 이보다 더 환상적인 궁합도 없다.

바부시스는 표정 없는 얼굴로 빈 책상을 가리키며 말했다.

"안 온 사람 있나?"

"우리가 어떻게 알아요?"

미할리스가 킬킬거렸다. 미할리스가 한 대답치고는 이치에 맞았다. 첫날이니 누가 우리 반인지 알 게 뭐람. 여자애들도 조용히 킥킥대며 웃었다. 책상은 아직도 여러 개가 비어 있었다.

"음……."

바부시스는 다시 교실 밖으로 나갔다. 아이들이 술렁대기 시작했다.

"반을 잘못 들어온 건가?"

"오오, 제발……."

아이들 사이에 희망이 떠다녔다. 그것도 잠시, 곧이어 바부시스의 구두 굽 소리가 다시 들려왔다. 실망스러운 탄성이 터져 나오다 말고 교실은 곧 여자애들의 환호성으로 가득 찼다.

"왜? 뭔데?"

남자애들도 웅성거리며 자리에서 일어섰다. 애들의 뒤통수 사이로 바부시스를 따라 들어온 전학생의 얼굴이 보였다. 새하얀 얼굴에 깎은 듯 반듯한 턱 선과 콧날을 가진 키 큰 남자애가 미소 짓고 있었다.

레오니스?

"뭐, 소개는 자네들끼리 알아서 차차 하고. 전학생은 앉고 싶
은 데 아무 데나 앉지."

바부시스의 말이 끝나자 레오니스가 내 쪽을 향해 다가왔다.
나는 고개를 푹 숙였다. 다행히 레오니스는 도중에 빈자리를 발
견하고는 거기 앉았다. 미할리스가 실실대며 레오니스를 힐끔거
렸다. 전학생만큼 좋은 먹잇감도 없으니까.

미스 바부시스는 새 학기의 새로운 시스템에 대해 장황한 설
명을 늘어놓았다. 하지만 바부시스의 말을 듣고 있는 애는 한 명
도 없었다. 모두 레오니스의 출현에 정신이 없었다. 아마 레오니
스는 제5중학교를 통틀어 가장 잘생긴 남자애가 될 거였다. 그
건 모두에게 가슴 뛰는 소식이었다. 곧 여자애들 사이에 전례 없
는 전쟁이 벌어질 것이고 남자애들은 레오니스 사냥에 나서겠지.

레오니스 옆자리에 앉은 크리스티나가 레오니스에게 몸을 바
싹 붙이고 귓속말을 속삭였다. 녀석이 환하게 웃으며 고개를 끄
덕이자 부드러운 머리카락이 살랑거렸다. 꽤 괜찮은 시작이었다.
누가 보면 멀쩡한 집의 사랑받는 아들인 줄 알겠네. 하지만 녀석
의 잘생긴 얼굴이 정체를 감출 수 있는 기간은 딱 일주일. 우리
같은 애들은 아무리 감추고 싶어도 드러나는 게 있기 마련이다.
금방 세탁한 옷을 입고 향긋한 로션 향을 풍겨도 애들은 결국 찌
든 내를 맡고 고약한 과거를 들추게 돼 있다. 제기랄. 빌루 가족

이 레오니스에게 희망을 주었다. 희망보다 더 나쁜 건 없는데.

"민수!"

미스 바부시스가 나를 빤히 바라보고 있었다. 내가 멍한 표정으로 그를 쳐다보자 애들이 와하하 웃음을 터뜨렸다. 미할리스가 꼴좋다는 표정으로 히죽거렸다. 다소곳이 앉아 전학생의 도리를 다하던 레오니스마저 내 쪽으로 고개를 돌렸다. 녀석의 얼굴을 보자 가슴에서 정체를 알 수 없는 화가 치밀어 올랐다.

"네, 선생님."

얕잡아 보여서는 안 된다. 나는 날카로운 눈매로 미스 바부시스를 쳐다보았다. 웃음거리가 될 수는 없었다.

"난 늘 자네가 궁금했었어. 이제야 내 반에서 만나게 되었군."

미스 바부시스가 흥미롭다는 표정으로 내 얼굴을 빤히 보았다. 나를 보는 반 애들의 얼굴에 동정과 안도가 동시에 떠올랐다. 그제야 내가 오늘의 먹잇감으로 당첨되었다는 사실을 알아차렸다. 손에 땀이 차올랐다. 미스 바부시스가 능글거리는 미소를 지으며 다가왔다. 곧이어 그는 내 신상에 대해 사냥개처럼 캐물을 것이고 나는 알몸이 될 때까지 발가벗겨지리라.

"왜 그리스에 왔나? 언제부터 살았지?"

"그리스 노래 할 줄 아나? 한번 불러 보지."

"부모님은 여기서 뭘 하시나?"

담임들의 질문은 언제나 자동적인 응답이 튀어나오게 설계되어 있었다. 취조실에 앉기만 해도 경찰관에게 범행 사실을 술술 불게 되듯이 말이다. 이때는 왜 이런 수상한 질문에 대답을 해야 하는가, 하는 의문도 품지 못한 채 속수무책으로 당하기 일쑤다. 나는 잠시 숨을 골랐다.

알파, 베타, 감마, 델타, 입실론…… 오메가까지, 그리스어에는 총 스물네 개의 문자가 있다. 그러나 학년상 감마보다 높은 자리는 없다. 오늘로 나는 상급생이 되지 않았던가. 그래, 좋아. 시작해 보시지.

바부시스가 번들거리는 입술을 열었다.

"우리 아버지는 한국전쟁에 참전했었지. 얼마 전에 한국 정부의 초청으로 서울에도 다녀오셨고."

바부시스는 잠시 말을 멈추고 내 눈을 보았다. 참전 용사라면 잘 알고 있다. 니코스 아저씨도 공로 훈장까지 받은 용사가 아닌가. 하지만 아저씨의 실체는 허풍쟁이, 바람둥이에 악덕 고용주지.

"네."

나는 짧게 듣고 있다는 표시를 보냈다.

"자네 나라를 위해 싸웠단 말이네."

바부시스는 다시 한번 내 표정을 살폈다. 그는 내가 경의를 표하기 바란다. 감탄하기를, 감사하기를. 하지만 나는 그럴 생각이 전혀 없다. 그러니, 계속하시죠, 선생님.

"흠흠, 우리 그리스 용사들은 평화를 위해서 열심히 싸웠지만, 결국 생각해 보면 전쟁이란 건 말이야, 아주 무의미하지. 안타깝게도 한국은 여전히 남과 북, 둘로 갈라져 있지 않은가. 전 세계를 통틀어 분단국가는 한국 하나뿐이란 말이야. 왜 합치지 않지?"

바부시스는 나를 뚫어지게 보았다. 나는 그 눈을 피하지 않았다.

"우리 그리스도 한때 동족끼리 총부리를 겨눌 지경에 이른 적이 있었지만 바로 오모니아 광장에서 쿠데타 세력을 몰아내고 시민의 정부를 세웠지. 그래서 광장의 이름이 오모니아, 의견의 일치라네. 한국이 둘로 갈려 의견의 일치를 이루지 못하는 이유는 대체 무엇일까? 냉전이 종식된 지 이렇게나 오래되었는데도 말이야. 분단의 원인과 아픈 역사를 한국에서 온 민수가 우리에게 설명해 줄 수 있을까?"

수준 있는 질문이었다. 하마터면 일제강점기로 거슬러 올라가 독립군의 역사부터 읊을 뻔했다. 하지만 이 질문에는 함정이 있었다. 얼핏 들으면 한국의 역사에 대한 질문 같지만 그는 그리스의 민주주의를 내게 과시하고 싶을 뿐이었다.

나는 그의 전공과목이 세계사라는 사실을 상기했다. 내가 아는 한 세계지도 한 귀퉁이에 한국이 그려져 있지 않던가.

"선생님이 더 잘 알고 계실 텐데요."

"아니아니, 내가 공부한 건 유럽과 북미의 역사였지. 동아시아는 너무 먼 곳이었어."

그리스와 북미가 그다지도 가까웠던가. 나는 잠시 고개를 갸웃했다. 미스 바부시스는 나의 대답을 기대하며 내 책상에 걸터앉고는 미소를 지어 보였다. 그의 억지 미소가 미할리스를 닮았다. 지금 세계사 선생이 나를 앉혀 놓고 한국 근현대사 강의를 요청하고 있다. 자신이 아는 세계란, 유럽과 북미뿐이라고 실토하면서. 게다가 자신이 과거에 대충 공부했다는 사실을 스스로 까발리고 여전히 그것을 보충하기 위해 노력하지 않는 게으른 선생임을 인정하면서. 꽤나 진보한 질문에, 솔직한 태도인걸.

미스 바부시스의 꼬불대는 긴 머리카락 한 올이 책상 위로 떨어져 내렸다.

"질문이 어려운가? 아님, 그리스어로 설명하기엔 좀 어려운가?"

미스 바부시스는 과장되게 이마를 찡그리고는 미안하다는 표정을 지었다. 아이들 사이에서 웃음이 터져 나왔다.

"쟤, 그리스어 완전 잘해요. 초등학교 때부터 여기서 살았거든요. 아마 철자법도 미할리스보다 나을걸요?"

촉새 같은 요르고스가 나섰다. 애들이 또 한번 와하하 웃었다. 미할리스가 주먹을 치켜들고 요르고스를 향해 흔들었다.

"그럼 잘됐군. 얘기해 보게."

미스 바부시스가 다리를 흔들면서 책상 다리에 구두 굽을 부딪쳤다. 탁탁탁.

"왜 오모니아 광장에서는 시위가 끊이지 않을까요? 광장의 이름이 의견의 일치인데도요."

내 말에 아이들이 웅성거렸다.

"민주주의란 그렇게 간단한 게 아니야. 의견의 일치란……."

"민주주의란 저마다 다른 의견을 듣는 데서 출발하겠지요. 그리스 정부는 도무지 시민의 말을 듣지 않잖아요."

아이들이 쓴웃음과 야유를 날렸다. 나는 계속했다.

"왜 하느님의 자손인 이스라엘은 팔레스타인을 한 형제로 끌어안지 못하죠? 왜 미국은 끊임없이 중동에 전쟁을 일으킬까요? 어쩌다 시리아 난민 문제가 전 유럽이 안아야 할 공동의 문제가 되었는지, 그 답을 선생님은 아십니까? 한국의 분단 문제도 결국 같은 연결선상에 있는 것 같습니다. 제 말은 모든 건 그물망처럼 연결되어서 개별적이지 않다는 거죠."

미스 바부시스의 눈꺼풀이 그물에 걸린 물고기처럼 뛰고 있었다. 좋아, 계속 몰아붙이자.

"왜 하나가 되지 않냐고요? 그 질문에 정답이 있다고 생각하세요? 그걸 토론하는 것이 우리 수업 아닙니까?"

바부시스는 비척거리며 내 책상 위에 붙인 궁둥이를 떼어 냈다. 조용한 교실에 신경질적인 구두 굽 소리만 들려왔다. 미할리스가 날 돌아보며 엄지를 치켜들었다. 칠판 앞으로 돌아간 미스 바부시스는 고개를 좌우로 천천히 꺾더니 코를 찡긋거렸다.

"민수, 자네의 태도는 말이야, 무척 나를 당황스럽게 하는군. 나는 호의를 갖고 진지하게 질문했네. 한국을 잘 모르는 급우들을 위해 설명할 기회를 주었어. 다른 나라에 살면 애국심이 깊어진다던데 자네는 아닌가 보군."

미스 바부시스가 이번에는 반 전체를 둘러보며 말했다.

"플라톤의 후예들이여. 자네들은 말이야, 다른 나라에 살게 되면 내 나라의 역사에 대해 친구들에게 자랑스럽게 알려 주기 바란다. 그리스의 국민으로서 말이다. 알겠나?"

그 말에 모두 고개를 끄덕였다. 나는 미스 바부시스가 출석부를 들고 밖으로 나갈 때까지 그를 노려봤다.

"야, 너 미쳤나? 앞으로 1년 어떻게 지내려고?"

앞자리의 주근깨가 겁먹은 표정으로 나에게 말했다.

"야아, 너 다시 봤다? 새끼."

미할리스가 다가와 말했다.

"꼴에 선생이라고 똥폼 잡는 소리 하고 있네. 작년에 요안나네 담임으로 있을 때 말도 못 하게 집적거렸대. 체육 시간만 되면 일부러 운동장에 나가 기웃거리잖냐. 여자애들 줄넘기할 때 가슴 훔쳐보려고. 상담실로 불러서 슬쩍슬쩍 만지기도 했대. 더러운 새끼."

미할리스가 교실 바닥에 침을 탁 뱉으며 말했다. 미스 바부시스에 대한 소문은 더 이상 새로울 것도 없었다. 소문이란 퍼뜨리는 녀석들의 입에 따라 수천 가지 버전으로 변형되기 때문에 덮어놓고 믿을 것이 못 되었다. 미스 바부시스의 죄는 다른 데 있었다. 나와 플라톤의 후예들을 각기 따로 존재하는 두 세계의 시민으로 가른 죄. 그리고 역사의 책임을 한 소년에게 물은 죄였다.

"야, 민수. 앞으로 잘해 보자."

미할리스가 주먹으로 내 왼 주먹을 톡톡 쳤다.

"뭘 잘해 봐?"

"1년이다, 1년. 미스 바부시스 대적하려면 우리도 쪽수 좀 키워야지."

미할리스가 한쪽 눈을 찡긋했다.

"됐어. 관심 없어."

"어허, 잘 나가다 왜 또 뻣뻣하게 구냐? 혼자서는 못 살아남는 세상이야. 넌 협동심이 없는 거, 그게 문제야!"

미할리스가 소리쳤다.

"그러게. 뭉쳐야 산다, 몰라?"

미할리스 뒤에 서 있던 요르고스가 거들며 다른 남자애들을 향해 눈을 부라렸다. 남자애들은 슬금슬금 복도로 달아났고 여자애들은 곳곳에서 무리를 지어 레오니스만 힐끔거렸다.

레오니스가 나를 돌아보며 눈인사를 건넸다. 그걸 본 여자애들이 "어머, 날 보고 웃었어!" 하면서 법석을 떨었다. 나는 눈인사를 무시하고 책을 펴서 아무 데나 읽기 시작했다.

이후 계속되는 수업은 죄다 시시했고 선생님들은 자동인형처럼 비슷한 이야기를 반복했다. 새 학기지만 새로운 것은 하나도 없었다.

수업이 모두 끝나자 아이들이 우르르 교실 밖으로 떠들며 나갔다.

"민수, 반갑다."

레오니스가 다가오며 말했다.

"여태 안 갔냐?"

내가 물었다.

"어, 인제 가려고."

"안 갈 생각인가 보네. 어디서 자냐? 콘스탄티노스 침대? 괜찮지? 푹신하고. 보육원은 그런 매트리스 아니었을 거 아냐."

레오니스의 맑은 눈동자가 잿빛으로 바뀌었다.

"설마 거기가 너네 집이 될 거라고 생각하는 건 아니겠지?"

내가 왜 화를 내는지 몰랐다.

"레오니스, 네가 착각하는 게 있어. 넌 결코 그 가족이 될 수 없어. 바소 아주머니는 언젠가 널 거추장스러워하면서 내치겠지. 그때까지 네 하루하루는 그저 불안의 연속일 거야. 언제 내던져질까, 오늘? 내일?"

나는 레오니스를 똑바로 쳐다봤다. 표정 없는 얼굴.

"그렇게 불안하게 살아서 뭐하냐. 네가 먼저 떠나."

그때였다. 레오니스의 입이 크게 벌어지더니 히죽 웃는 게 아닌가. 난데없는 웃음에 소름이 끼쳤다. 마르타가 봤다던 게 이거였나? 내가 다시 녀석을 봤을 때 레오니스는 아폴론 조각상으로 돌아가 있었다. 뭐야, 이 자식?

나는 녀석을 지나쳐 밖으로 나갔다. 복도에서 레오니스가 나오기만 기다리던 여자애들이 실망한 표정으로 나를 쳐다봤다. 나는 있는 힘을 다해 운동장으로 달렸다. 운동장에서 서성대던 여자애 한 명이 날 보더니 반갑게 손을 치켜들었다. 마르타였다. 불량 이웃들이 학교에 다 모여 있군. 나는 마르타가 따라오지 못하도록 더욱 빠르게 뛰었다. 머리 위로 내리쬐는 햇볕 때문에 금세 등에 땀이 차올랐다. 눈치도 없는 마르타는 육상 선수라도 되는지 잽싸게 내 곁에 따라붙었다.

"오랜만이네. 그동안 잘 지냈니?"

마르타가 반가운 척을 했다.

"뭐, 그럭저럭."

그새 키가 좀 더 자란 건가. 스키니진을 입은 마르타는 비쩍 말라 보였다. 그래도 화장 안 한 얼굴은 뭐, 귀염성 있다. 진짜로 귀엽다는 게 아니라 귀신처럼 화장했던 그날보다는 낫다는 뜻이다. 정상으로 돌아온 마르타의 패션에 문제가 있다면 왼손에 든 검정 가방이었다. 그 애는 작은 체구에 어울리지 않게 커다란 여행용 가방을 들고 있었다. 가출이라도 한 건가.

"같은 집에 살면서 얼굴 보기 힘들다?"

마르타가 내 쪽으로 몸을 밀어붙이며 말했다. 애는 언제나 바싹 붙는 경향이 있다. 그리고 같은 집이라니? 같은 건물에 산다고 어떻게 같은 집이야. 그럼 테오도루 24번지에 사는 사람들이 다 동거인이게? 마르타의 긴 머리칼이 휘날리더니 내 목덜미에 닿았다. 나는 주위를 둘러보았다. 다행히 넓은 운동장엔 우리 둘밖에 없었다.

"콘스탄티노스는 아직이야? 지금이야말로 전단지를 뿌려야 될 때 아니야?"

"알아."

"도와줄까?"

마음에도 없는 말이었다.

"안다고. 어디 있는지."

나는 걸음을 멈추고 마르타를 돌아다보았다. 마르타는 긴장한 표정이었다.

"다행이네."

나는 마르타를 제치고 앞장서서 걸었다. 대체 여자애들은 왜 긴 머리를 풀어헤치고 다니지. 너무 긴 머리는 건강에 좋지 않다. 점심시간에 케첩이나 요구르트소스가 묻기라도 하면 어쩌려고. 그런 오염된 머리가 지금처럼 바람결에 마구 흩날리다 내 목덜미에 닿아 여드름이라도 나면 어쩔 건가. 나는 목덜미를 벅벅 긁어 댔다.

뒤처진 마르타가 씩씩대며 나를 노려보는 게 느껴졌다. 그런 건 보지 않아도 알 수 있다. 여자애들이란, 마르타 같은 중간계급조차 매너 없는 머슴은 용서하지 않는 법이니까.

"야!"

마르타가 소리를 질렀다. 거보라지. 나는 뒤도 돌아보지 않고 가던 길을 갔다.

"어디 있는지 다 알고 있다는데 왜 모른 척해?"

금세 쫓아온 마르타가 내 팔을 꽉 붙들고 따졌다.

"그게 나랑 뭔 상관이냐?"

"너네 집에 있잖아!"

땡, 콘스탄티노스가 우리 집에 일주일간 살았던 건 맞다. 하지만 그 후로 우리 집마저 나갔다는 건 마르타도 알고 있는 사실이다.

"모른다는 표정 짓지 마."

이런 황당한 일도 있나. 이제는 내 집에 누가 숨어 사는지 날마다 검사해야 하는 건가. 마르타는 내 표정을 보고는 한숨을 내쉬며 말했다.

"연극하지 않아도 돼. 난 그저, 고맙다고 말하고 싶었어."

"연극? 고맙다고?"

마르타는 고개를 끄덕였다.

"아니, 걔 우리 집에 진짜 없……."

"어쨌든 고마워. 안 그랬으면 그 바보 같은 게 지금쯤 노숙자들이랑 어울려서 어떤 꼴이 됐을지 누가 알아?"

미치겠군. 가정법이 아니라 현재형으로, 그 애는 지금 이 순간 노숙자들과 어울리고 있다.

"이것 좀 전해 줘."

마르타는 검정 가방을 내 손에 건네며 말했다.

"엄마가 갖다 주래. 나도 이런 심부름은 질색이지만 집 앞에서 주다가 콘스탄티노스한테 걸리면 안 되니까. 옷이랑 책, 뭐 그런 게 들어 있을 거야. 걔는 책도 안 보는데 뭐하러 이딴 걸 넣어서 무겁게 쌌는지 몰라. 근데 진짜 웃기지 않니? 콘스탄티노스는 너네 집에 살러 가고, 레오니스는 우리 집에 오고. 뭐가 이렇게 뒤죽박죽이야."

마르타는 갑자기 깔깔거리며 웃기 시작했다. 그 꼴을 보자 나는 정말 울고 싶어졌다. 당장 길거리로 나가 노숙자들 사이에서 콘스탄티노스를 수소문해 이 가방을 전해 줘야 하는 걸까. 아님, 녀석이 내게 빚진 팬티도 있으니 이 안에 든 걸 그냥 내가 입어?

"근데 마르타……."

나는 마르타가 건네준 가방을 내려다보며 한숨을 내쉬었다. 가방은 생긴 것부터 가출 소년을 위해 태어난 듯했다. 바소 빌루 아주머니는 어쩌자고 이런 몹쓸 가방을 고른 것일까. 어떤 아이가 이렇게 투박하고 크기만 큰 가방을 들고 혼자 길을 걷고 있다고 상상해 보라. 누가 봐도 가출 청소년인 그 애는 그날 밤을 못 넘기고 경찰에 넘겨지거나 불량배들의 표적이 될 게 틀림없었다. 자고로 가출이란 콘스탄티노스처럼 즉흥적으로 아무런 준비도 없이 해야 한다. 그래야 잡히지 않지.

"네 동생이 우리 집에 있다고 확신하는 근거가 대체 뭐야? 증거 있어?"

그래, 증거를 대시라. 그게 나도 살고 검정 가방도 사는 길이다.

"치! 증거는 무슨. 나도 엄마가 너에게 이 가방을 전해 주라고 해서 안 거야. 엄마는 벌써부터 알고 있는 눈치던데 뭘."

뭐가 뭔지 정말 알 수가 없군. 바소 빌루 아주머니는 대체 왜……. 여기까지 생각하는데 갑자기 뒤죽박죽 퍼즐이 저절로 움직이더니 제자리를 찾고는 나를 향해 미소 지었다. 완성된 그림 속에는 아빠가 들어앉아 있었다.

"먼저 갈게!"

나는 마르타를 뒤에 두고 달리기 시작했다.

"어딜 가는데? 콘스탄티노스한테? 같이 가면 안 돼? 기다려!"

뒤에서 신경질 부리는 소리가 들려왔다.

"어, 안 돼."

나는 마르타가 쫓아올까 봐 뒤도 돌아보지 않고 열심히 달렸다.

왜 안 되냐고? 이유를 말해 주지. 나는 걸어서 30분도 넘게 걸리는 수블라키 가게를 찾아갈 것인데 가는 내내 너는 다리가 아프다고 투덜거리면서 카페에서 레모네이드라도 마시자고 할 게 분명해. 하지만 나는 돈이 없고 그럴 기분도 아니거든. 그런 너를 겨우 달래서 마침내 도착한 곳은 매캐한 향신료 냄새가 코를 찌르고 알아듣지 못하는 언어가 공중에 떠다니고 세상 곳곳의 삼류 인생이 모인 오모니아 시장통일 거야. 주변에는 홈리스들과 사계절 내내 니트 모자만 고집하는 흑인과 수염이 덥수룩한 아랍인, 휘파람을 부는 인도인, 주변머리 없는 아시아 관광객 들이 난데없이 나타난 금발 머리인 너를 향해 악의 없는 윙크를 날릴 것인데 그럼 너는 괴한이라도 만난 듯 꽥꽥 소리를 질러 대겠지. 너는 내 등 뒤에 딱 붙어서 따라온 걸 후회할 거야. 그건 그렇고 하이라이트는 이제부터.

시장통의 가장 후미진 곳에 키오스크만큼이나 작아서 과연 사람이 그 안에 들어갈 수나 있는지 의심케 하는 수블라키 가게가 있어. 가까이 가면 식욕을 자극하는 숯불 향 대신 기름에 전 돼지고기 냄새가 널 반길 거야. 안은 어찌나 후덥지근한지 본의 아니게 웃통을 벗고 땀을 비처럼 쏟으며 일하는 사내 둘을 보게 될 텐데, 꼬챙이에 꽂혀 빙빙 도는 돼지고기보다도 결코 처지가 더 나아 보이지 않지. 놀라지 마. 그중 한 명은 우리 아빠고 나머지 한 명은 집 나간 네 남동생일 거란다. 이제 알겠니? 왜 너를 운동장에 두고 혼자 뛰어가고 있는지.

07
이런 가방 따위

나는 한 번도 니코스 아저씨를 좋아했던 적이 없다.

우리처럼 사회적 위치가 어정쩡한 외국인이 그리스에서 장기 체류나 노동 허가를 받는 것은 상당히 까다로운 일이어서, 니코스 아저씨같이 겉으로 보기에 멀쩡한 그리스인의 서명 하나는 무척 중요했다. 덕분에 나는 내 의사와는 상관없이 그리스정교회에서 세례를 받았다. 니코스 아저씨가 대부가 되기를 원했기 때문이었다. 그리스인들은 무척 신실한 종교인들이었고 누군가의 대부가 된다는 것은 신의 축복을 받을 수 있는 좋은 기회였다. 그렇게 뜻을 이룬 아저씨는 나를 데리고 다니면서 한국인 대자라며 자랑하기를 즐겼다.

니코스 아저씨는 에게 해가 펼쳐진 해변에서 꽤 잘나가는 타베르나를 무려 세 개나 가지고 있었다. 아저씨는 지금도 "다 망할 놈의 구제금융 탓"에 망했다고 입버릇처럼 말한다. 국가가 유럽 연합, 국제통화기금, 유럽중앙은행 등 여기저기에 손을 벌린 탓에 국민 대다수가 거지꼴이 된 것이라고 말이다. 니코스 아저씨는 올라가기는 어려워도 무너지는 건 정말 순식간이라며 하늘을 향해 탄식했다. 하지만 우리는 알고 있다. 실제로 아저씨는 망하지 않았다는 것을.

아저씨는 중산층을 겨냥한 요식업의 호황은 끝이 났다는 것을 선두에서 간파한 사람이었다. 대부분의 그리스인들이 국가의 미래에 아직 기대를 가지고 있을 때 아저씨는 과감히 타베르나를 정리했다. 니코스 아저씨가 오모니아 시장통에 수블라키 가게를 차릴 때만 해도 주위 사람들은 미쳤다고 그랬다. 누군가는 천하의 니코스가 진짜로 망했네, 라고 수군거렸다. 하지만 '니코스 수블라키'는 모두의 예상을 엎고 대박을 쳤다. 바닷가에서 바닷가재를 굽고 오징어를 튀기던 타베르나는 모조리 망하고 있을 때였다. 니코스 아저씨가 나에게 가르쳐 준 삶의 지혜가 있다면 그건, 타이밍이었다. 니코스 수블라키는 그리스 국민 대다수가 불행한 시절, 그 완벽한 타이밍이 낳은 대박 사업이었다. 시간을 쪼개 오로지 노동력으로만 먹고살아야 하는 사람들이 점점 늘어났고, 그들에겐 맥도널드조차 사치가 되어 버렸다. 과거 이민자들의 뒷골목이었던 오모니아는 이제 만인의 뒷골목이 되었다. 그곳에는 콘스탄티노스 같은 가출 청소년뿐 아니라 하루 벌어 하루 먹고사는 불법체류자들과 집과 직장에서 쫓겨난 아테네 시민들이 함께 어울려 서성댄다. 바로 그들이 니코스 수블라키의 손님들이다.

니코스 수블라키 사업을 일궈 낸 1등 공신은 다름 아닌 아빠였다. 아빠는 꼬챙이에 꽂힌 돼지고기를 빙빙 돌려 가며 굽다가도 주문이 들어오면 한 손에 호떡처럼 생긴 피타를 펼치고 다른 손으로는 고기 몇 점과 소스를 뿌린 다음 척척 접어서 단돈 1유로 30센트를 받고 내준다. 제대로 된 수블라키 가게라면 감자튀김과 야채도 넣어 주겠지만 니코스 수블라키는 절대로 그러지 않는다. 감자튀김과 신선한 야채가 들어간 수블라키는 못해도 2유로는 받아야 하는데 그렇게 팔았다간 당장 손님이 끊기기 때문이었다. 우리 손님들은 그저 두꺼운 피타에 비계 많은 고기, 1유로 30센트로 배를 채울 수 있으면 만족한다.

오늘도 니코스 수블라키 앞엔 손님들이 늘어서 있다. 콘스탄티노스 녀석이 뭘 하고 있을지는 안 봐도 뻔하다. 나는 손님들을 밀치고 앞으로 나아갔다. 녀석은 꼬챙이에 매달린 돼지고기가 흘리는 기름보다 더 뜨겁고 흥건한 땀을 쏟아 내며 피타를 굽고 있었다. 녀석의 고통이 짐작은 갔다. 아르바이트생이 펑크를 내면 언제든 저 안에 들어가야 하는 애가 바로 나였다. 작년엔 수업 시간에 불려 나온 적도 있었다. 그나마 오래 붙어 있던 마키스 형도 찜통 같은 더위와 박봉을 견디지 못하고 뛰쳐나간 게 분명했다. 나는 일단 녀석을 확인하고는 재빨리 줄 선 손님들 뒤로 물러섰다.

"아니, 오늘따라 왜 이렇게 굼떠? 우리 바쁘단 말이야."

양복을 빼입은 손님 둘이 불만을 터뜨렸다. 최근 들어 한 블록 떨어진 상업지구의 젊은 회사원들까지 니코스 수블라키를 찾기 시작했다. 그쪽의 수블라키는 죄다 2유로 20센트가 넘었다.

콘스탄티노스는 내가 봐도 속 터지게 일을 했다. 평생 제 엄마가 해 준 뜨끈한 음식만 받아먹었을 놈이니까. 줄은 끔찍이 길어지고 있었다. 만일 줄이 여기서 그치지 않고 도로변에 있는 카라바바스 씨의 디저트 가게까지 침범한다면 일은 커진다. 카라바바스 씨는 호두와 설탕과 버터가 듬뿍 들어간 바클라바를 팔았는데 그 비싼 과자를 먹을 사람들은 적어도 이 시장통엔 없었다. 가뜩이나 장사가 안돼서 죽을 맛인 카라바바스 씨는 버터기름이 아니라 돼지기름으로 입술이 번들거리는 우리 손님들을 증오했다. 특히 걸어 다니며 수블라키를 먹는 손님들은 더 참을 수 없어 했다. 크림소스와 잘게 썬 돼지고기가 길바닥에서 발견될라치면 기다렸다는 듯 뛰쳐나와 시장이 떠나가도록 소리를 질러 댔다.

"이 더러운 자식들아! 당장 이 돼지기름 치우지 못해?"

이게 요즘 이 동네 풍경이었다.

나는 카라바바스 씨의 눈치를 살피기 시작했다. 아저씨는 눈을 가늘게 치켜뜨고 줄을 감시하고 있었는데 금방이라도 폭발할 태세였다. 엉망으로 늘어선 사람들이 점점 카라바바스 씨의 가게 쪽으로 옮겨 가고 있었다.

"어이구, 요새 같은 때 이렇게 장사 잘되는 집도 있나그래? 이봐, 경호. 제대로 된 애를 갖다 써. 요새 일하겠다는 애들이야 널렸을 거 아냐."

단골손님인 차키스 할아버지였다. 할아버지는 아빠에게 수블라키를 받자마자 가게 앞에 내놓은 낡은 벤치에 앉아 먹기 시작했다.

"에이, 그렇지도 않아요. 누가 이런 데서 일하려고 해요. 기껏 쓸 만하면 다른 데로 가 버린다고요."

아빠는 대답하면서도 손은 쉬지 않고 수블라키를 싸서 다음 손님에게 건넸다.

"월급을 충분히 줘야 다른 데로 안 가지. 아니, 그 구두쇠 니코스는 이렇게 장사가 잘되는데 자네들 월급도 안 올려 주나?"

차키스 할아버지가 못마땅하다는 눈초리로 말했다. 아빠는 의리의 사나이였으므로 누가 사장님 흉을 봐도 절대 거들지 않았다. 그냥 웃을 뿐이었다. 바로 저런 점이 니코스 아저씨가 아빠를 신뢰하는 이유였다.

"콘스탄티노스, 냉동실에 있는 피타 좀 가져와."

아빠의 명령에 따라 냉동실 문을 열어젖힌 콘스탄티노스는 피타 한 봉지를 들고 몸을 돌리다가 바닥에 와르르 쏟고 말았다. 바보 같은 놈! 평생 노동이라고는 제 엉덩이나 닦아 봤을 테지. 녀석은 꽁꽁 언 피타를 줍느라 허둥댔고 손님들은 줄을 마구 이탈하더니 도로변까지 튀어나와 불만을 터뜨렸다. 결국 기다렸단 듯이 카라바바스 씨가 등장해서 손님들을 밀쳐 대며 소리쳤다.

"저리 꺼지지 못해! 여긴 내 가게라고, 꺼져!"

찻길로 내몰린 손님들이 아우성을 쳤다.

"아니, 이 사람이 미쳤나? 이 길이 당신 거요?"

"뭐가 어째?"

잔뜩 화가 난 카라바바스 씨가 이번엔 아빠한테 달려가 삿대질을 했다.

"이봐! 당신 손님들이 길을 점령하고 있잖아. 몇 번을 말해야 알아듣겠어? 네놈 때문에 내 장사가 엉망이라고. 남의 나라에서 이래도 되는 거야? 왜 말이 없어? 말 못 알아들어? 영어로 해 줄까? 고 홈! 이 멍텅구리 자식아!"

"아저씨, 무슨 말이 그래요? 아저씨 장사 안되는 걸 왜 여기 와서 화풀이냐고요!"

콘스탄티노스가 손에 든 피타를 내동댕이치며 소리를 질렀다.

"뭐야? 이 뚱뚱이 자식이."

카라바바스 씨는 아빠가 말릴 새도 없이 콘스탄티노스를 끌어내 멱살을 잡고 늘어졌고 녀석도 지지 않고 몸싸움을 벌였다.

"이봐, 당신들. 오늘 장사 안 할 거야? 대체 언제까지 서 있어야 되는 건데?"

손님들은 당장에 폭동이라도 일으킬 표정이었다. 손님들 중엔 험상궂게 생긴 덩치도 여럿 있었다. 세상에 절대 건들면 안 되는 사람들이 있다면, 바로 1유로 30센트짜리 수블라키를 먹자고 여기까지 걸어온 손님들이었다. 젠장, 나는 나도 모르게 사람들을 비집고 앞으로 나갔다.

"저리 비켜."

나는 아직까지 몸싸움 중인 콘스탄티노스를 치우고 가게 안으로 들어갔다. 냉동실에서 피타 한 봉지를 새로 꺼내 재빨리 구울 준비를 했다. 녀석은 놀란 눈으로 나를 쳐다보다가 카라바바스 씨를 놔주고 가게로 돌아왔다. 카라바바스 씨는 한참 동안이나 씩씩대다가 줄 선 손님들을 향해 지루한 푸념을 늘어놓더니 돌아갔다.

바깥의 소란과는 상관없이 나는 피타 굽기에 열중했다. 화덕 앞에 선 순간 몸이 알아서 일을 척척 해내고 있었다. 노릇노릇해지는 피타를 보자 마음이 고요해졌다. 천장에 닿을 듯이 쌓아 올린 피타가 하나씩 줄어드는 모습은 언제 봐도 흐뭇했다. 아빠와 나는 인사도 없이 어느새 한 조가 되어 돼지고기를 썰고 피타를 말아 손님들 손에 노릇노릇 구워진 수블라키를 척척 얹어 주고 있었다. 계산은 콘스탄티노스가 맡았다. 그제야 줄이 줄어들었다. 화가 났던 손님들도 조용해졌다.

"저기, 나 여기 있는 거⋯⋯."

콘스탄티노스가 입을 열었다.

"다 알고 있어. ⋯⋯너네 엄마도."

내가 마지막 손님의 피타 빵을 구우면서 말했다.

"그, 그게 무슨 말이야? 우리 엄마가 안다니?"

"얘는 대체 언제부터 채용한 거예요?"

나는 녀석의 질문에는 답하지 않고 아빠에게 물었다.

"아저씨, 우리 엄마한테 일렀어요?"

콘스탄티노스가 울상이 되어 물었다.

"야, 넌 왜 갑자기 나타나서 남의 사생활을 폭로하고 난리냐?"

아빠가 나를 노려보았다.

"살려 줘서 고맙다, 가 먼저 아니에요?"

나도 지지 않고 눈을 부라렸다.

"그건 그거고. 얘 여기 있는 거 어떻게 알았냐?"

"나 배달 왔어요."

나는 아까부터 가게 입구에 얌전히 앉아 있던 검정 가방을 들고 와 콘스탄티노스 앞에 탁 소리 나게 내려놓았다. 녀석은 의아하다는 표정으로 가방의 지퍼를 열었다. 안에서 잘 개켜진 팬티 두 장이 툭 튀어나왔다. 콘스탄티노스의 얼굴이 순식간에 핑크빛으로 달아올랐다. 누나들이 이 애를 왜 똥돼지라고 부르는지 알 것 같았다.

"뭐야 이게? 우리 엄마가 갖다 주래? 우씨! 아저씨, 배신자!"

"야, 사장님한테 배신자가 뭐냐?"

아빠가 고함쳤다.

"아저씨가 무슨 사장님이야, 그 나이 많은 할아버지가 사장님이잖아요! 민수, 너도 잘 알지? 근데 그 할아버지, 참 괴팍하더라? 할아버지라고 했더니 막 호통을 치는 거야. 아저씨라고 부르라나? 말 되냐."

나는 말이 돼서 니코스 아저씨라고 부르고 있겠냐. 세상에 니코스 아저씨를 당해 낼 사람은 아무도 없다.

"하여간에 나 그 사장님한테 면접 보고 뽑힌 거야."

녀석이 우쭐대며 말을 맺었다.

"면접 좋아하시네. 내가 우겨서 너 여기 있는 거야."

"그건 됐고. 둘이 어쩌다 엮인 거예요?"

내가 물었다.

"아, 이 자식이 글쎄…… 하필 요 앞 벤치에서 자고 있었던 거야. 우하하! 그래서 나한테 딱 걸렸지. 집에 안 들어간다고 아주 울고불고 난리를 치시기에 일단 여기서 지내라고 했다."

"엄마한테 절대 얘기 안 하기로 약속했잖아요!"

콘스탄티노스가 소리쳤다.

"내가 언제?"

"하여간 어른들은 하나같이 거짓말쟁이야!"

"야, 그럼 넌 네 엄마가 병이라도 났으면 좋겠냐? 소식은 알아야지. 하여간 너네 엄마도 참. 내가 그렇게 모른 척하라고 부탁했는데 저건 또 뭐래? 왜 엄마들은 아들놈들 속옷을 못 챙겨 안달이지? 그냥 알아서 다 할 수 있는데 말이다. 안 그래?"

"아저씬 내가 팬티 좀 빌려 달라니까 그게 싫어서 엄마한테 꼰지른 거죠? 그죠?"

"내가 너한테 왜 팬티까지 빌려줘야 하나? 그건 니가 알아서 해야지."

그놈의 팬티. 나 몰래 혹시 아빠가 내 팬티를 콘스탄티노스한테 빌려준 건 아닌지 묻고 싶어졌다.

"근데 넌 수블라키 장수가 꿈이야? 뭐냐, 이건. 시간제 알바야? 아님 인턴?"

투닥거리던 두 명의 수블라키 장수가 순간 입을 다물었다.

"난 절대 요식업계에선 일 안 할 거야."

콘스탄티노스가 부채질을 하면서 말했다.

"지금 하고 있는 건 뭔데?"

"당분간만. 나중엔 절대 안 해. 며칠 해 봤는데 절대 적성에 안맞아. 게다가 뚱뚱한 요리사는 사람들이 싫어해. 저걸 먹으면 살찌는구나, 그런 선입견이 생기거든. 그럼 장사도 안될 거고. 그죠, 아저씨? 뚱뚱한 애는 뭐가 되면 좋을까요?"

"넌 왜 살 뺄 생각은 안 하고 뚱뚱한 애한테 어울리는 직업을 찾냐?"

"그건 제가 타고난 운명이에요. 뭘 먹어도 똑같으니까."

"운동은 해 봤고?"

아빠가 물었다.

"운동은 나랑 안 맞아요. 그래, 나는 사장님이 되는 거야. 사장님이 되면 뚱뚱해도 아무도 뭐라고 안 하겠지."

"야, 너 아주 사고가 멀쩡하다. 사장은 거저 되냐?"

"방법은 뭐, 차차 생각할게요. 시간은 많으니까. 어쨌든 난 이렇게는 안 살아. 다르게 살 거야."

녀석은 숨을 몰아쉬며 말했다. 내가 보기에 녀석은 아직 세상이 어떻게 돌아가는지 도통 모른다.

"야, 살아 봐라. 네 맘대로 척척 그렇게 다 되는 게 아냐."

"흥, 꼭 어른들처럼 얘기하시네요."

"나 어른이거든?"

"아저씨가 무슨 어른? 어른들은 가출 소년을 숨겨 주는 일 따윈 안 해요. 경찰에나 넘길까. 그러니까 아저씬 정신연령이 딱 나 정도인 거지. 날 이해하니까 숨겨 주는 거잖아요, 안 그래요?"

"네가 좋은 어른을 못 만나서 그래. 진짜 어른은 가출 청소년이 홈리스로 정착하기 전에 자기 집에 재워 주는 사람이라고."

"하지만 언젠간 내쫓을 거죠?"

"당연하지. 그럼 여기서 평생 수블라키 팔래?"

아빠가 소리를 꽥 질렀다. 두 남자의 대화도 그렇게 끝이 났다. 아빠가 돼지고기를 넉넉히 넣은 피타 두 개를 말아서 우리에게 내밀었다.

"레오니스는 우리 학교 왔더라."

내가 수블라키에서 물컹한 돼지비계를 빼내며 말했다.

"우리 학교?"

콘스탄티노스가 커다란 밤색 눈을 굴리며 말했다.

"같은 반이야."

"너랑 같은 반?"

"그래. 여자애들 난리 났어."

콘스탄티노스의 볼살이 저절로 실룩댔다. 손님이 뜸해진 틈을 타고 아빠가 바닥 청소를 시작했다. 어색한 침묵이 계속되자 내가 입을 열었다.

"야, 시간당 최저임금이 5유로거든. 이왕 하는 거면 제대로 받아라."

"그거 옛날 얘기거든. 넌 요새 이 나라 꼴이 어떻게 돌아가는지도 모르나 본데, 멀쩡히 대학까지 나온 애들도 갈 데가 없어서 타베르나에서 일해. 걔들도 시간당 5유로 받을까 말까야."

아빠가 끼어들었다.

"그래요? 그럼 쟨 얼마 줘요?"

"돈 안 준대!"

그제야 콘스탄티노스가 과자를 뺏긴 어린애처럼 징징댔다.

"돈을 안 준다고? 근데 왜 일해?"

"여기서 재워 주고 먹여 준다고. 그 괴팍한 사장님이 그랬어. 세상에 공짜는 없다나."

웃기시네. 공짜로 부려 먹는 사람이 누군데 지금. 나는 수블라키를 세 입에 씹어 삼키고 일어섰다.

"아들, 오늘 바쁘냐? 온 김에 쫌 도와주라."

"얼마 줄 건데?"

"못 줘. 너도 알잖아. 사장님이 픽도 돈을 내놓겠다. 쟤 데리고 있으려니 나만 죽어나는 거지."

아빠가 작게 속삭였다.

"그럼 쫓아내요. 여기가 가출 청소년 보호센터도 아니고."

나는 퉁명스럽게 받아치고 가게 문을 열었다.

"오, 그래. 보호센터. 아들, 그럼 오늘 쟤 데리고 집에 들어가도 되냐? 여긴 너무 좁고 그렇잖아."

나는 아빠의 얼굴을 돌아다보았다. 아부성 미소를 짓고 있다. 가게에서 쫓아내라고 했지 누가 집에 데리고 들어오라고 했나? 아빠는 도무지 말의 핵심을 알아듣지 못한다. 아무한테나 친절하고 남이 고생하는 꼴은 못 보는 남자. 나는 대답 대신 어깨를 한 번 으쓱하고 거리로 나왔다. 등 뒤에서 두 남자가 정답게 투닥

거리는 소리가 들려왔다.

나는 곧장 집으로 들어가기 싫어서 오모니아를 어슬렁거렸다. 구경거리는 많았지만 그중에서도 가장 활기찬 곳을 꼽으라면 단연 바르바키오스 시장이다.

"진짜 싼 가격에 최고의 소고기!"

발을 들여놓기도 전에 상인들의 고함 소리가 들려왔다. 정육점 주인이 두터운 도마 위의 고기를 토막 내자 작은 고기 살점이 튀어 바닥에 후두둑 떨어졌다. 시장을 누비는 손님들은 더러운 바닥에 눈길을 보내는 대신 더욱 싸고 품질 좋은 돼지고기나 양고기를 찾아 점점 시장 안쪽으로 들어갔다. 옆에는 신선한 고기를 요리해 미식가들의 발길을 잡아끄는 타베르나도 몇 군데 있는데 나라면 시뻘건 고기가 매달린 시장 안에서는 수프건 스테이크건 아무것도 먹지 못할 것이다. 하지만 관광객들은 타베르나에 앉아 와인 잔을 부딪치며 고기 요리를 즐기고 있었다.

곧이어 비릿한 생선 냄새가 코를 찔렀다. 허벅지까지 올라오는 장화를 신은 생선 장수가 커다란 생선을 들고 목청을 높였고 손님들은 가격 흥정에 열을 올렸다. 낙소스 섬에서 잡아 왔다는 분홍색 숭어가 먹음직스러워 보였다.

바르바키오스 시장을 뒤로하고 에브리피두 거리로 들어서자 이번엔 시끄러운 음악 소리가 귀를 울렸다. 골목마다 온갖 국적의 노점상들이 향신료와 식료품, 자국에서 유행하는 영화 DVD

와 음악 CD를 팔았다. 흑인 한 명이 팔에 새긴 근사한 문신을 동료에게 자랑하는 중이었고, 온갖 물건을 땅바닥에 쌓아 놓은 아시아인들이 성냥을 질근거리며 지나가는 손님을 붙잡았다.

"헤이헤이!"

인도 남자가 나를 붙들고 볼리우드 영화 하나를 들이댔다. 프린터로 대충 뽑은 듯한 DVD 커버에는 백인 소녀가 화려한 사리를 입고 이마에 빈디를 찍고서 팔찌를 흔들며 인도 여자처럼 춤추고 있었다. 그 옆에서 까무잡잡한 인도 남자가 아주 희극적인 미소를 띠고 함께 춤추고 있었다. 내 떨떠름한 표정을 읽은 인도 남자가 지껄이기 시작했다.

"진짜 끝내주지 않아? 그녀는 영국 배우야. 한창 주가를 올리고 있다니깐. 관객은 이제 몸 전체가 새하얀 여자를 원하거든. 요새는 영국 촌뜨기들이 뭄바이로 유학 가는 시대라고. 오, 맨. 세상은 변하고 있어. 정말 멋지지 않아?"

그는 볼리우드의 부흥이 자기 덕분이라는 듯 굴고 있었다. 내 또래로 보이는 여자 주인공과 인도의 국민 배우라는 주인공 남자는 마치 부녀 사이처럼 보였다. 그런데도 영화는 로맨스물이었다.

"3유로만 내. 에이 제길, 좋아. 2유로!"

인도 남자는 내가 DVD에 관심 있다고 생각했는지 가격을 내리고 있었다. 하지만 내가 그 커버를 홀린 듯 보고 있는 건 다른 이유 때문이었다. 인도 여자처럼 분장한 소녀의 얼굴에서 자꾸만 줄리아가 떠올랐다. 줄리아. 백인 어머니에게서 태어난 피부가 까만 아이. 어쩌면 줄리아는 자라면서 얼굴이 하얘질지도 몰랐다. 그런 얘기를 어디서 들은 적 있다. 줄리아가 나중에 자라서 볼리우드에서 성공한 여배우가 되면 어떨까. 어느 날 스크린에서 자기가 버린 딸을 보게 된 엄마는 뒤늦은 참회의 눈물을 흘릴까.

"마이 프렌드!"

이번에는 흑인 남자가 내 팔을 톡톡 치며 바닥에 놓인 녹슨 칼을 가리켰다. 나는 DVD를 내려놓고 흑인 남자 쪽으로 몸을 돌렸다. 오래된 나무 손잡이가 달린 단도는 꽤 멋스러웠다. 좌판은 별난 것들로만 가득했다. 고급 은수저 세트, 나무를 깎아 만든 아프리카 탈, 금이 간 보라색 크리스털 와인 잔, 무지막지하게 생긴 톱, 장난감 돼지머리를 달아 놓은 후추 통, 터키식 찻잔에 장난감 자동차까지. 도무지 질서라곤 찾아볼 수 없는 잡동사니들의 천국이었다.

나는 아무짝에도 쓸모없어 보이는 녹슨 칼을 손에 쥐어 보았다. 어쩌면 소말리아 해적들이 사용하던 칼일지도 몰랐다. 그런 상상을 하자 뾰족한 칼끝이 예사롭지 않아 보였다. 그때 얌전히 바닥에 앉아 있던 물건들이 왈칵 하늘로 솟구치더니 그대로 보자기에 싸여 공중으로 날아갔다.

"튀어!"

어느새 눈앞의 흑인 남자는 사라지고 옆에 있던 노점상들도 후다닥 짐을 싸 일사불란하게 도망가고 있었다. 불법 노점상들은 이런 일에 익숙했고 서로 협동이 잘되었다. 누군가 신호를 주면 그다음은 알아서 각자 어디론가 사라졌다. 미할리스 말대로 혼자서는 못 살아남는 세상이었다.

"꼬맹이 비켜!"

누군가 나를 밀치더니 시커먼 골목으로 사라졌다. 늘 이런 식이다. 죽기 살기로 도망치는 노점상들은 행인들을 마구잡이로 밀친다. 그러니 시장 골목에서 튀라는 신호가 울리면 일단 따라서 움직여야 한다. 안 그랬다간 떠밀려서 넘어질 게 분명하니까. 나는 바싹 벽에 몸을 붙이고 길을 터 주었다. 타다다다닥! 마치 아프리카 초원을 달리는 들소처럼 맹렬하고 경쾌하다. 들소 떼가 지나간 길에는 미처 챙기지 못한 물건들이 여기저기 나뒹굴었다. 다음은 노숙자나 거지들이 모여들어 물건들을 주워 갈 차례였다. 탁탁! 그때 길 잃은 발소리가 내 앞에서 멈추었다. 둥그런 보따리를 멘 노점상 한 명이 머뭇거렸다. 그대로 있다간 잡히기 십상이다.

"저쪽으로 가요!"

나는 노점상의 보따리를 잡고 시커먼 골목으로 밀었다.

"땡큐, 땡큐!"

노점상은 뛰면서 잠깐 내 쪽을 돌아보았다. 새카만 피부와 힐끗 보인 가지런한 치아가 낯익다. 요나? 그런데 요나의 가슴팍이

비어 있다. 양어깨에 걸쳐 멘 커다란 보따리만 덜렁댄다.

"요나!"

나는 요나를 뒤쫓았다.

"요나! 줄리아는?"

골목 끄트머리에서 멈춘 요나가 나를 돌아봤다. 눈동자가 잠깐 번뜩이더니 다시 뛰기 시작했다.

"요나, 줄리아 어쨌어? 어딨는데?"

요나는 어둠 속으로 사라지고 길 위에 가방 하나가 툭 떨어지더니 바닥에 굴렀다. 마침 지나던 여자가 휙 가방을 들어 올렸다.

"내 거예요!"

내가 소리 질렀다.

"먼저 집은 게 임자야!"

여자가 가방을 품 안에 넣고 말했다.

"방금 걔, 내 친구라고요. 꿈도 꾸지 마세요."

"헛소리하지 마!"

여자가 든 가방은 까만색 루이뷔통 가방이었다. 오늘은 계속 검정 가방이 문제로군.

"내놔요!"

지나가던 사람들이 우리를 힐끔거렸다.

"너 웃긴다? 학생이 이런 가방은 뭣하게?"

여자가 눈을 희번덕거리며 소리쳤다.

"내놔요! 내 친구 거야!"

사람들이 웅성대며 모여들고 골목 끝에서 단속 경찰들이 호루라기를 불면서 우리 쪽을 기웃거렸다. 그제야 여자는 가방을 길바닥에 집어 던졌다.

"어휴, 싸구려 짝퉁 가방!"

여자는 골목 밖으로 사라지고 구경꾼들도 흩어졌다. 경찰 한명이 의심스러운 눈길로 나를 쳐다보았다. 루이뷔통 가방은 내손에 들려 있었다. 가슴이 쿵쿵거렸다. 나는 요나의 가방을 대신주워 준 것뿐이다. 경찰이 내 쪽으로 걸어오기 시작했다. 가방을 내려놓을까. 아니, 단속 경찰에게 요나의 가방을 뺏길 수는 없다. 나는 다시 한번 경찰을 쳐다봤다. 경찰은 기분 나쁘게 씩 웃었다. 이런 젠장. 더 생각할 것도 없이 나는 가방을 품에 안고 잽싸게 몸을 날렸다. 이 동네 골목이라면 누구보다 잘 알았다.

"저 중국인 새끼, 잡아!"

뒤에서 고함이 들렸다. 곧이어 한 무리의 경찰들이 나를 쫓기 시작했다. 나는 주렁주렁 달린 마늘과 고추를 헤치고 비릿한 생선 냄새를 지나 알바니아 음악이 쿵쾅거리는 골목으로 들어섰다. 그러다 하얀 터번의 상인과 어깨를 부딪혔다. 나는 그대로 아랍인 구역으로 숨었다. 뒤에서 철컥철컥 요란한 굽 소리가 들려왔다.

"이런 망할! 어디로 튄 거야?"

경찰들의 신경질적인 목소리가 들렸다. 나는 화려한 스카프를 겹겹이 늘어뜨린 비단 가게 옆에 바싹 붙어 숨을 골랐다. 막다른 골목이었다. 얇은 스카프가 바람에 휘날리자 그 사이로 나를 노리던 경찰의 찡그린 이마가 보였다. 순간 스카프가 홱 젖혀지더니 검은색 니캅으로 얼굴을 가린 여자가 눈만 내놓고 나를 빼꼼히 보았다. 여자가 오른쪽으로 가라는 고갯짓을 했다. 몸을 틀자 어두컴컴한 창고가 보였다. 창고 앞에는 커다란 상자가 있었다. 여자가 고개를 끄덕였다. 나는 망설임 없이 상자 안에 들어갔다.

철컥철컥, 구두 굽 소리. 경찰의 거친 숨소리가 가까이 들려온다.

"여길 뒤져. 더 갈 데도 없다고."

들이닥친 경찰들이 스카프를 마구 뒤적거리며 나를 찾는 소리가 들려왔다.

"20유로예요. 경관님께는 19유로에 드릴게요."

여자의 딱딱한 영어 발음이 들려왔다. 탁탁탁, 구두 굽이 가판대 주변을 돌아다녔다.

"사모님이 좋아하실 거예요. 진짜 실크예요."

"이쪽으로 중국 애 한 명이 가방 들고 튀었는데, 못 봤어?"

"글쎄요. 여기는 그런 애들 하도 많아서요."

"우리 마누라가 이걸 하면 예쁠까?"

경찰 한 명이 말했다.

"그리스 여자들은 이런 건 두르지 않아. 이런 스카프는 아랍 여자들이나 두르지."

다른 경찰이 대꾸했다.

"왜요, 제 여자친구는 일부러 이쪽으로 쇼핑 와요. 특이한 게 많다나. 값도 싸고 좋대요."

젊은 목소리였다.

"웃기는군. 자네는 개들 잡으러 다니고 자네 여자친구는 개네들 물건 사러 다니고."

"실없는 소리들 그만해. 불법체류자고 난민이고 더 이상은 안돼. 우리 밥그릇까지 털리고 싶지 않으면 옛날처럼 대충 단속할 생각 말고 정신 똑바로 차리라고. 알아들어?"

경찰들은 자기들끼리 불만을 터뜨리더니 곧이어 철컥철컥 장단을 맞추며 멀어져 갔다. 뒤늦게 다리가 후들거렸다.

"이제 나와도 돼."

여자가 상자의 덮개를 열어 주며 말했다.

"그 가방 훔쳤니?"

"훔친 거 아녜요."

나는 요나의 가방을 품에 바싹 끌어당겼다. 나도 내가 왜 이렇게까지 요나의 가방에 집착하는지 몰랐다. 망할 짝퉁 가방 때문에 하마터면 큰일 날 뻔하지 않았나.

"나 줄래?"

여자가 가방을 가리키며 말했다.

"아, 안 돼요! 내 거 아니에요."

"내가 살려 줬잖아. 안 그랬으면 너 무지하게 얻어터졌을걸."

여자는 어느새 그리스어로 얘기하고 있었다. 나는 고개를 들고 여자를 찬찬히 뜯어보았다. 맑은 밤색의 눈망울에 장난기가 가득했다. 어디선가 본 듯한데……. 여자는 내 품 안에서 가방을 가로채더니 제 팔에 둘렀다.

"우아, 루이뷔통! 꽤 그럴싸하다. 언젠가 아티카 백화점에서 똑같은 거 본 적 있어. 근데 넌 왜 여기서 돌아다녀?"

"저, 그 가방 주세요. 치, 친구 거예요."

나는 여자의 팔에 걸린 검정 가방만 보며 말했다. 아무래도 잘못 걸린 것 같았다.

"웃기지 않니? 그리스 경찰들은 덮어놓고 너보고 중국 애라고 하더라. 넌 전혀 중국 애들이랑 안 닮았는데. 오히려 일본 애들이랑 비슷할까? 근데 너 실은 한국 애잖아."

"네에?"

여자는 자꾸만 나를 놀라게 했다.

"뭘 그렇게 놀라? 그만 쫄아. 너 나 몰라?"

느닷없이 여자가 깔깔대기 시작했다.

"누, 누구신데요?"

"넌 날 볼 때마다 못 알아보더라? 하긴 무지 감쪽같지?"

여자는 새하얀 코끼리가 그려진 검은색 니캅을 훌렁 벗었다.
그 안에서 금발 머리가 넘실거리며 밖으로 흘러내렸다.

"디미트라?"

세상에. 오모니아 시장통에 한집안 사람들이 이렇게 득실댈 줄
누가 알았겠는가. 지척에 엄마보다 무서운 첫째 누나가 아랍 여
자 행세를 하며 아르바이트를 하고 있다는 걸 알면 콘스탄티노
스는 어떤 표정이 될까.

"아무한테도 말하지 마."

디미트라가 다시 니캅을 둘러쓰며 말했다. 요즘 그 집 사람들
에게 자주 듣는 말이었다.

"여기서 이러고 있는 거 알면 엄마가 날 죽이려 들 거야. 엄마
는 대학만 가면 만사 오케이라고 생각하시거든. 엄마가 옛날 사
람이라 뭘 몰라. 내가 아는 언니는 아테네 국립대학 나왔는데도
나보다 못 벌어. 마리아네서 본 유학생들 있지? 걔들도 죄다 실업
자 될 판이야. 영국에서 유학했다고 알아주던 시절도 끝난 데다,
걔들, 돈만 내면 받아 주는 그저 그런 칼리지 다니는 머리 텅 빈
애들이거든. 혼자서 살아갈 능력이 전혀 안 되는 거지. 부모한테
얹혀서 먹고사는 주제에 거들먹대는데 난 그렇게 밥벌레처럼 안
살 거야. 뭐, 우리 엄마한텐 그럴 돈도 없고. 여기선 뭔가 배울 게
있어. 아랍 상인들은 사업엔 천재적이거든."

디미트라는 뿌듯한 표정으로 말을 이었다.

"그건 그렇고 너도 알바야? 순진하게 생겨서 별걸 다 판다. 네 동업자 저쪽으로 뛰어가는 거 봤어. 키가 껑충 큰 흑인 남자애 맞지? 하여간 그 자식은 뭐가 그렇게 짐이 많은지 단속 뜰 때마다 젤 느려 터져. 지난번에 무지하게 두들겨 맞은 뒤로 한동안 안 보인다 했더니 오늘 떴더라."

"아기 때문에 그래. 여기, 가슴팍에 아기를 매달고 다닌다고. 못 봤어? 여기."

나는 내 가슴팍을 거칠게 두드리며 간절한 눈빛으로 디미트라의 대답을 기다렸다.

"아기라고?"

"그래, 조그만 여자 아기야. 줄리아라고. 혹시, 아까 지나갈 때 못 봤어?"

"몰라. 그것까진 안 보였는데. 짐 보따리 들고 뛰는데 뭐가 보이겠어?"

"아님 아기 울음소리 그런 거 들렸을 것 아냐. 아무 소리도 못 들었어?"

"왜 흥분하고 난리야?"

그러게 왜 흥분하고 난린가. 줄리아가 뭐라고. 내가 무슨 상관이라고.

"가방이나 내놔."

나는 가방을 향해 손을 내밀었다.

"비밀 잘 지켜!"

디미트라는 다시 한번 으름장을 놓더니 가방을 돌려주었다. 나는 루이뷔통 가방을 내 책가방 속에 넣고 아랍 상인들의 구역을 지나 에브리피두 거리로 되돌아갔다. 바닥에 좌판을 벌였던 불법 노점상들은 깨끗이 사라지고 없었다. 덕분에 넓어진 도로는 걷기 편했지만 노점상 없는 길은 심심했다. 물감 세트에서 중요한 색깔만 쏙 빠져 버린 것 같다.

요나의 커다란 눈망울이 자꾸만 떠오른다. 피레우스에서 줄리아를 보육원에 맡기고 혼자서만 온 건가. 다시 데리러 오겠다고 그 작은 손가락에 대고 약속을 했겠지. 아테네에서 부자가 될 거라고? 단속 경찰에 쫓기면서 가방이나 잃어버리는 주제에. 책가방 속에 든 요나의 딱딱한 가방이 등을 쿡쿡 찍어 댔다. 나는 어쩌자고 녀석의 가방 따위를 주워 왔을까. 나는 검정 가방을 저주하며 집으로 향했다.

08
사라지다

요나가 뗏목을 타고 지중해를 건너고 있었다. 물고기 떼가 요나의 가방을 낚아채려 물 위로 튀어 올랐다. 가방을 낚아챈 물고기 떼가 물속으로 달아났다. 물고기를 쫓아 바다에 빠진 요나가 허우적댔다. "가방은 젖으면 안 돼. 루이뷔통, 샤넬, 프라다, 어푸어푸, 구치, 에르메스, 어푸어푸." 점점 가라앉던 요나가 물 밖으로 입을 내밀어 말했다. "명품 가방이 단돈 50유로!" 다시 물속으로, 어푸어푸. 새하얀 코끼리 떼가 물결을 타고 넘어오더니 검은색 니캅이 되었다. "실크 스카프가 단돈 20유로!" 디미트라가 외쳤다. "그 가방 나 주라! 응? 나 주라!"

눈을 번쩍 떴다. 주위는 온통 캄캄했고 나는 거실 소파 위에 누워 있었다. 밖에서 들어온 달빛이 거실 바닥에 세워 놓은 루이뷔통 가방을 비추고 있었다. 스포트라이트를 받은 가방은 마치 박물관의 전시품만큼이나 귀해 보였다. 저따위 짝퉁 가방이 뭐라고. 집까지 저걸 들고 온 내가 바보 같았다. 하루 종일 너무 뛰어다녀서 종아리가 뻐근했다.

나는 부엌에 불을 켰다. 전기레인지가 빨갛게 달궈지고 냄비의 물이 끓는 광경을 상상해 보았다. 나 말고 다른 누군가가 뜨거운 파스타 면을 접시에 담고 방금 만든 토마토소스를 부은 다음 치즈를 뿌려 준다. 우리는 함께 앉아 파스타를 먹으며 재잘재잘 떠든다. 하지만 현실에서는 언제나 나뿐이다. 아빠는 자정이 넘어서 돌아올 것이다. 나는 냉장고에서 먹다 남은 파스타를 꺼내 오븐에 넣었다. 오븐 안쪽에 주홍빛이 켜졌다.

어쩌면 밥이나 미역국을 만들 수도 있을 것이다. 하지만 우리는 한국 음식은 자주 먹지 않는다. 이웃들은 된장이나 국간장 냄새를 싫어했다. 초등학교 때는 마늘 냄새가 난다고 축구부에서 퇴출된 적도 있었다. 그건 인종차별이나 문화적 적대감 같은 이슈도 못 되었다. 내 몸에서 나는 냄새 때문에 선수들이 공을 제대로 패스하지 못한다면 우리 팀이 지게 되니까. 승리에 장애가 되는 것은 퇴출되어 마땅했다. 그래서 파스타, 어쨌거나 우리는 파스타를 애용했다.

똑똑똑. 현관문에서 노크 소리가 들려온다. 올 사람은 아무도 없었다. 나는 문 두드리는 소리를 무시하고 오븐에서 파스타를 꺼냈다. 찐득한 치즈가 먹음직스러웠다.

똑똑똑. 소리는 멈추지 않고 조용히 나를 부르고 있다. 집요한 노크 소리는 내가 안에 있는 걸 아는 눈치였다.

나는 포크를 내려놓고 현관문을 열었다. 복도에는 최근 내 인생에 멋대로 끼어든 아래층 작은 금발이 서 있었다.

"무슨 일이야?"

마르타는 말이 없다. 낮에 혼자 내뺀 일로 여태 화가 나 있는 걸까. 풀이 단단히 죽은 걸 보니 그걸 따지러 온 건 아닌가 보다.

"파스타 먹을래?"

마르타는 고개를 끄덕이며 안으로 들어왔다. 우리는 식탁에 마주 앉았다. 마르타는 포크만 든 채 가만히 앉아 있다. 금방이라도 울 듯한 얼굴로. 오늘 밤 내가 시청해야 할 마르타의 드라마는 어떤 줄거리일까.

얼마 전까지만 해도 테오도루 24번지는 조용한 곳이었다. 물론 밤 10시가 되면 어김없이 윗집 여자가 신은 하이힐이 또각거렸고 아랫집 화장실에서는 토하는 소리가 정겹게 들렸으며 낮이고 밤이고 가리지 않고 싸우는 고함이 시끄러웠지만 그런 건 별 문제가 아니었다. 울고불고 싸울 일이란 집마다 있기 마련 아닌가. 사생활 보장 같은 건 힘들었어도 괜히 나서서 이웃의 죄를 들추거나 바로잡으려는 재판관이 우리 공동주택엔 없었다. 그게 바로 테오도루 24번지의 좋은 점이었다. 5년 가까이 살면서 우리 집 대문을 두드리는 이웃 같은 건 없었으니까. 하지만 좋은 시절도 끝났다.

"레오니스…… 그 애가……."

울기 일보 직전의 마르타가 입을 열었다.

"걔가 왜? 집이라도 나갔어?"

나는 파스타를 삼키고 물을 들이켰다. 마르타는 눈을 동그랗게 뜨고는 박수무당 보듯 날 쳐다봤다.

"잘됐네."

진작에 그랬어야 했다. 그래야 콘스탄티노스가 제자리로 돌아가고 우리도 제자리. 모두 제자리.

"하나도 잘되지 않았어!"

얌전히 있던 마르타가 흥분해서 고함을 내질렀다. 꼭 이런다. 여자애들은 잘해 주면 꼭 이래. 그때 또다시 현관문이 쾅쾅쾅! 마르타가 겁먹은 눈빛으로 나를 쳐다보았고 나는 오늘 밤 시청해야 할 또 하나의 반갑지 않은 드라마를 위해 현관문을 열었다.

"야! 너 땜에 나까지 나가라잖아!"

여왕의 등장은 언제나 급작스럽고 당당하다. 성난 디미트라는 현관문을 밀치고 마치 자기 집에 내가 들어온 양 나를 못마땅하게 힐끔거리더니 곧장 마르타를 향해 화를 퍼부었다. 폭군의 등장에 중간계급자인 마르타는 결국 울기 시작했다.

"꼭 악마 같았단 말이야! 꼭 이상한 데서 웃어. 웃을 때가 아닌데 웃는다고. 잘생겼으면 뭐해. 하는 짓이 사이코 같은데. 언니는 걔가 그렇게 좋아?"

"야, 그렇다고 대놓고 사이코니 악마니 그딴 얘길 지껄여야 되겠냐? 가뜩이나 기가 팍 죽어서 사는 애한테. 어차피 이렇게 된거 그냥 쿨하게 받아들여."

"어떻게 쿨하니? 언닌 그래서 콘스탄티노스가 죽었는지 살았는지 관심 하나 없어? 지 동생은 어디서 뭐 하는지도 모르면서언제부터 알았다고 레오니스 편만 드는데?"

마르타도 지지 않고 대들었다.

"야, 멍청아. 내가 언제 레오니스 편을 들었다고 그래. 엄마가레오니스 못 찾으면 나까지 나가라잖아. 너도 알다시피 난 절대가출 스타일 아냐. 집 나가면 구질구질하다고. 난 더러운 건 딱질색이야. 콘스탄티노스 그 똥돼지나 좁고 냄새나는 수블라키 가게에서 자라고 해."

"수블라키 가게?"

마르타가 나를 홱 돌아보았다. 동시에 디미트라가 자기 입을 탁쳤다. 세상에, 콘스탄티노스가 누구랑 있는지 여태껏 나만 몰랐군. 나는 팔짱을 끼고 두 여자가 펼칠 다음 액션을 기대했다. 그런데 설상가상, 또다시 현관문이 열리더니 이번에는 아빠가 헐떡거리며 뛰어 들어오는 게 아닌가.

"콘스탄티노스는요?"

두 금발이 동시에 물었다.

"이 시간에 웬일이에요?"

이건 내 질문이었다.

"여기도 안 왔냐? 와, 정말 환장하겠군."

아빠가 숨이 차서 말했다.

"웬일로 이렇게 일찍 들어왔냐고요."

아빠는 한 번도 이 시간에 들어온 적이 없다. 이건 무척 예외적인 상황인 것이다. 아빠는 아랫집 금발들을 향해 침을 튀겨 가며 설명했다.

"나 참. 일이 꼬이려니까 오는 도중에 레오니스랑 맞닥뜨린 거야. 레오니스 녀석, 얼굴이 시뻘게 갖고 정신 나간 놈처럼 혼자 중얼거리면서 뛰어나오더라고. 그 꼴을 보고 콘스탄티노스가 흥분해서는 뒤쫓아 갔단 말이야. 둘이 한판 신나게 싸우겠구나, 그래, 차라리 잘됐다 싶었지. 사내애들은 싸워야 돼. 그래야 화해를 하거든. 오늘 좋은 구경 하겠군, 하면서 난 기다렸지. 근데……."

아빠는 숨을 고르며 말을 멈췄다.

"근데요?"

"사라졌어."

"사라지다뇨?"

"눈앞에서 두 놈 다 사라졌어. 진짜. 연기처럼."

아빠는 여기까지 말하고 소파에 털썩 주저앉았다.

"미치겠네. 이 아저씨 말은 도무지 조리가 없어. 아저씨, 그리스어 한 거 맞아요? 하나도 못 알아듣겠네."

디미트라가 신경질을 부렸다.

"그런데 왜 이 시간에 집에 들어왔냐고요. 가게에 불이라도 났어요? 그래서 문 닫은 거예요?"

내가 궁금한 건 이거다.

"야! 애들이 사라졌다고!"

아빠가 답답하다는 듯 가슴을 쾅쾅 쳤다.

"설마 콘스탄티노스 때문이에요? 더 이상은 피타를 못 굽겠대?"

내 가슴이 쿵쿵 울렸다.

"이 자식은. 그게 중요하냐고 지금."

"중요하죠! 한 번도 이런 적은 없었잖아. 내가 아플 때도 이런 적은 없었다고. 그런데 그 자식 때문에 문을 닫은 거야?"

"녀석이 며칠째 못 씻고 제대로 된 밥을 못 먹었잖냐. 도저히 못 견디는 것 같기에 먼저 집으로 들어가라고 했지. 그런데 혼자선 못 간다는 거야."

"왜 못 가? 지가 세 살 먹은 아기야?"

"그게 아니라…… 누나들이나 레오니스가 볼까 봐 그런 거지. 내가 숨겨 줘야 되잖아. 야, 넌 왜 흥분하고 난리야? 아들, 아량을 베풀어라. 속 좁게 굴지 말고."

여기서 마르타가 참지 못하고 끼어들었다.

"그러니까 둘이 길거리에서 사라졌다는 거죠? 아저씨는 찾다가 도저히 못 찾아서 집으로 돌아왔고요?"

"그렇다니까. 진짜 이상해. 복잡한 데도 아니었어. 레오니스가 멀리 있는 것도 아니었고. 사람이 그렇게 갑자기 사라질 수 있는 거야?"

갑자기 사라질 수 있냐고? 화가 미치게 뻗치는데 그 말을 들으니까 난데없이 웃음이 터져 나왔다. 내가 묻고 싶다. 어떻게 그렇게 갑자기 사라지셨냐고.

"호호호……."

내가 킬킬대자 아빠가 환장할 표정을 짓고 날 바라봤다.

"야, 너 미쳤냐?"

디미트라가 내 어깨를 흔들었다.

"뭐가 웃긴 거야, 지금?"

마르타가 당혹스러운 표정으로 물었다.

"갑자기 없어진 게…… 호호호…… 그게 황당해요?"

나는 웃음 때문에 헐떡거리며 물었다.

"그, 그럼 황당하지. 눈앞에 분명히 있었거든. 바로 내 눈앞에. 근데……."

그래, 분명히 내 눈앞에 있었지. 그런데 눈떠 보니 사라졌더라. 안 오더라. 5년 동안이나.

"크ㅎㅎㅎ!"

웃음이 멈춰지지 않았다.

"그만 못 해?"

꽤나 단호한 목소리. 꽤나 기분 상한 표정. 그래 어디 화를 내 봐요. 언제까지 순결한 척, 아무것도 모르는 척, 착한 척할 건데.

"아니, 웃기잖아요. 아빠 표정 좀 봐. 귀신에 홀린 표정이 야…… 크ㅎㅎㅎ……."

귀신에 홀린 것 같았지. 깨어 보니 콧물 질질 흘리는 애들이 날 에워싸고 있더라. 우리 아빠는 어디 있나. 대체 여기가 어딘가. 이 것보다 더 황당하고 어이없는 일이 있어?

"너, 왜 그러냐? 실성한 놈처럼. 요새 비비 꼬여 가지고 뭐가 불만이야?"

아빠가 소리를 버럭 질렀다.

"다 큰 애들 둘이 사라진 게 그렇게 놀랄 일이야? 뭐가 불만이 냐고? 몰라서 물어? 남들한텐 그렇게 착한 사람이 자기 애는 버 리고 5년 동안이나 사라져? 어차피 보육원에 내다 버릴 거 뭐하 러 키웠는데!"

멋대로 터져 나온 말이 공중에 흩어졌다. 한 번도 입 밖으로 꺼내 보지 못한 말들이, 냉동고 어딘가에 꽁꽁 얼려 둔 말들이 낯 선 나라, 낯선 도시에서 해동되고 환생한다.

디미트라와 마르타의 놀란 눈이 나를 바라보고 있다. 잠깐, 방금 내가 어느 나라 말로 지껄였더라.

"보육원? 버리다니. 누가 누굴 버려요?"

마르타가 창백한 얼굴로 물었다.

"가만있어."

디미트라가 조용히 그러나 엄숙하게 동생의 입을 틀어막았다.

다리가 덜덜 떨려 온다. 이곳에서는 새로운 인생을 살 수 있을 거라 생각했지. 아무도 나와 아빠를 모르는 곳에서. 공과대학생이 갑자기 한식 조리사가 되고 멀쩡했던 애가 말더듬이, 오줌싸개, 병신 새끼가 됐다는 걸 모르는 곳. 그래서 덜렁 니코스 그 사기꾼을 따라나서지 않았나.

"내가 용서했다고 생각해? 아니, 잊지 않았어. 절대 용서 못해!"

마르타가 딸꾹질을 하면서 훌쩍이기 시작했다. 젠장! 모두 헛수고였다. 모두 엉망이 되고 말았다.

나는 현관 쪽으로 뛰쳐나갔다. 왜 나가는지는 몰랐다. 쪽팔려서? 아님, 인제 와서 복수라도 하시게? 그래, 복수하는 거야. 이번엔 내가 눈앞에서 사라지는 거야. 그게 어떤 건지 어떤 기분인지 알게 하자.

나는 계단을 뛰어내려 공동 현관문을 박차고 나왔다. 가슴이 터질 듯이 두근거렸다. 테오도루의 온 거리에서 팡파르가 터져나오더니 거리의 사람들이 기다렸다는 듯 나를 향해 박수를 쳤다. 오케스트라의 연주가 웅장하게 울리고 무희들이 다리를 번쩍 올리며 환호했다. 브라보! 이런 방법이 있었어. 버려지기 전에 버리는 것. 나는 두 팔을 벌리고 환호에 응수하며 도로를 마구 내달렸다. 끼이이익!

"미친 새끼! 죽고 싶어?"

눈앞에 급브레이크를 밟고 선 운전자가 욕을 해 댔다. 팡파르도 무희들도 사라지고 좁은 거리에는 빈 병과 쓰레기만 뒹굴었다. 나는 다시 뛰기 시작했다. 세탁소를 지나고 로또 판매점을 지나고 철물점을 지나고 굳게 닫힌 셔터, 낡은 벽면, 마구 휘갈겨진 낙서를 지났다. 테오도루의 끝에 이르러 문득 걸음을 멈췄다. 아빠가 잘 쫓아오고 있겠지. 내가 너무 빨리 뛰어온 탓에 놓친 건 아닐까. 무릎을 꿇고 사정하면 용서해 줘 버릴까.

사방이 너무 조용하다. 나는 깊게 숨을 들이쉬고 뒤를 돌아보았다. 텅 빈 테오도루가 멋쩍은 표정으로 내 눈을 피했다.

09
친구, 그냥 사는 거야

신타그마 광장은 환했다. 카페에 앉은 손님은 그리스식 샐러드와 프라페를 주문했고 웨이터는 쟁반이 넘치도록 음식을 쌓아 종종걸음을 쳤다.

광장을 마주한 5성급 호텔들과 국회의사당에서 밝힌 찬란한 불빛, 거리를 메운 멋쟁이 쇼핑객들과 전 세계에서 모여든 관광객들이 서로 어깨를 부딪치며 저녁의 활기를 더했다. 만인의 광장인 신타그마에서는 거지조차 환영받았다. 떠돌이 개들이 어슬렁대고 거지들이 헛소리를 지껄여도 관대한 관광객은 그들에게 먹을 것과 동전을 내주었다. 대담하게도 새하얀 대리석 바닥에 자리를 깔고 물건을 파는 불법 노점상들이 눈에 띄었지만 단속을 피해 도망가는 모습은 보이지 않았다. 신타그마 광장은 아테네의 상징답게 평화로웠다.

나는 킹 조지 호텔 앞에 섰다. 네오클래식 스타일 건물의 객실 창마다 오렌지색 조명이 쏟아져 나왔다. 그리스 국기와 유럽연합의 깃발이 휘날리는 정문에는 위엄 있는 도어맨이 서 있었다. 황금색 단추가 달린 빨간 제복의 도어맨은 마치 〈호두까기 인형〉에 나오는 병정만큼이나 비현실적이다. 하지만 고급 승용차가 들어서면 병정은 부드러운 미소를 지으며 계단을 잽싸게 내려가 문을 열었다. 어떨 때는 고급 양복을 입은 노신사가, 어떨 때는 단란한 가족이, 어떨 때는 등이 깊이 파인 드레스를 입고 짙은 화장을 한 여자들이 내렸다. 누가 내리든지 간에 킹 조지 호텔의 도어맨은 상냥한 미소를 지으며 손님들의 가방을 대신 끌고 정문까지 간 다음 그 으리으리한 문을 활짝 열어 주었다. 그들의 요란한 입장이 끝나면 도어맨은 다시 제자리로 돌아와 엄숙한 표정이 된다.

나는 한때 킹 조지 호텔의 도어맨이 되고 싶었다. 호텔에서 제공하는 제복은 언제나 빳빳하게 다림질된 데다 디자인도 멋졌다. 가만히 서 있는 대가로 급료를 받을 수 있을 뿐 아니라 덤으로 호텔을 드나드는 각국의 예쁜 여자들도 아주 가까이서 매일같이 볼 수 있다. 더운 여름에 열 평짜리 수블라키 가게에서 일해 본 사람이라면 도어맨이 얼마나 멋진 직업인지 이해할 수 있을 것이다. 불 앞에 서면 처음엔 조금씩 따끔거리던 얼굴이 점점 벌겋게 익기 시작해 저녁때가 되면 완전히 부어오르는데 얼음찜질을 해도 가라앉지 않는다. 나는 방학 때마다 수블라키를 구웠고 방학이 끝날 즈음엔 얼굴은 끔찍하게 그을려 있었다. 애들은 선크림이라도 바르지 그랬냐며 나를 놀렸지만 이글대는 열기 앞에서 인간의 피부는 타는 게 아니라 물렁하게 쪄진다. 도어맨도 여름에 땡볕에 서 있기는 마찬가지지만 자주자주 호텔 문을 여는 덕분에 안에서 쏟아져 나오는 시원한 에어컨 바람을 맞을 수 있다. 그뿐인가, 샹들리에가 늘어진 천장과 뽀득뽀득 닦인 대리석 바닥……

내 상상은 여기서 멈췄다. 아까부터 광장 쪽에서 누군가 나를 향해 마구 손을 흔들고 있다.

"헤이헤이, 마이 프렌드!"

나는 눈을 가늘게 뜨고 건너편을 응시했다. 헐렁한 티셔츠를 입은 흑인 소년이 길고 가느다란 팔을 흔들고 있다.

"요나?"

"친구, 거기서 뭐 해?"

요나는 새하얀 이를 드러내고 반가워 죽겠다는 표정을 지었다. 녀석은 광장 바닥에 천을 깔고 가방을 늘어놓고 서 있었다. 이렇게 쉽게 찾을 줄이야. 나는 녀석을 향해 뛰었다.

"아까 낮엔 진짜 고마웠어."

요나가 싱글거렸다.

"줄리아는 어디다 버렸어?"

나는 다짜고짜 요나의 가슴팍을 거세게 밀쳤다. 예상대로 빈 가슴이다. 요나의 눈이 휘둥그레지더니 웃음을 터뜨렸다.

"웃어?"

나는 두 손으로 녀석의 가슴팍을 후려쳤다. 요나는 비틀거리며 뒷걸음쳤다. 여전히 입가에 미소를 잔뜩 머금고. 이제 가벼워졌냐? 이제 네 삶이 조금은 편해졌어? 그래서 웃는 거야?

"나쁜 새끼!"

나는 녀석의 입술을 향해 주먹을 날렸다.

"오효오, 친구. 진정해!"

녀석이 두 손으로 제 얼굴을 막고 몸을 움츠렸다. 병신 같은 놈. 덤빌 줄도 모르는 바보 자식.

"네가 키운다며? 애가 자꾸 울던? 도망 다니는 데 방해됐어?"

나는 광장 한가운데 서서 혼자 소리치고 있었다. 비둘기가 구구구 빵 부스러기를 주워 먹고 있다. 카페에 앉은 손님들은 뭐가 즐거운지 와하하하 웃고 있다. 킹 조지 호텔의 도어맨이 엄숙한 표정으로 광장을 응시한다. 모든 게 그대로다. 변한 것은 없다. 녀석의 가슴팍에 매달렸던 작은 아이가 사라진 것을 빼고는. 내가 아빠를 버린 것을 빼고는. 나는 그대로 서서 훌쩍거렸다. 왜 울어. 이제 와서.

"헤이헤이, 마이 프렌드. 줄리아는 잘 있어. 여기!"

요나는 몸을 휙 돌리더니 등에 멘 배낭을 가리켰다. 가방처럼 생긴 띠 안에서 줄리아가 요나의 등에 기대어 잠들어 있다. 한 손은 입에 넣고 다른 한 손으론 다 녹아 뭉개진 과자를 들고서.

"이거 꽤 괜찮지? 아테네 사람들, 아까운 줄도 모르고 이런 걸 막 버려. 쓰레기통에서 주웠어. 등에 매달고 다니면 단속 뜰 때도 도망 다니기 쉽다. 어떠냐? 이게 요즘 젊은 아빠들한테 대세래."

요나는 엄지를 치켜들고 윙크했다. 나는 아기 배낭만 멍하니 쳐다보았다.

"친구, 넌 말야, 여기에 문제가 있어."

녀석은 내 머리를 콕콕 찌르며 말했다.

"사람은 자기가 보고 싶은 대로 보는 거 알아? 그것만큼 무서운 게 어딨겠어. 친구, 난 낮부터 등에 줄리아를 메고 뛰어다녔어."

내가 그걸 보고 싶지 않았다고? 난 너한테서 줄리아만 찾았는걸.

"넌 내가 줄리아를 버리길 바라지?"

요나가 불쑥 물었다.

"아니, 내가 왜."

글쎄, 어쩌면.

"근데 왜 자꾸 그런 상상을 하지? 줄리아는 나랑 같이 살아. 내 말을 믿으라고. 오케?"

"하지만 어차피 버릴 거야. 언젠가는. 그러니까 그건 말이지, 이를수록 좋아. 기억하지 못하는 게 나을 테니까."

나는 요나의 가방들 옆에 털썩 주저앉았다. 배가 고픈 데다 소리를 지르느라 기운이 다 빠졌다.

"아빠는 내가 여섯 살 때 나를 보육원에 버렸어. 그때까진 할머니도 살아 계셨지. 너 혼자선 6년도 못 버틸 거야. 네 꼴을 좀 봐. 쓰레기통이나 뒤지면서 애를 먹여 살릴 수 있을 것 같아? 네 몸뚱이 하나 건사하기도 힘들걸. 괜한 고생 집어치우고 네 삶이나 살아."

"살고 있어."

요나는 담담하게 대꾸했다.

"웃기시네. 이게 제대로 살고 있는 거냐?"

내가 소리쳤다.

"살고 있다고. 제대로 사는지 어쩐지는 잘 몰라. 껌 씹을래?"

요나는 주머니에서 껌 하나를 꺼내 보였다.

"친구, 넌 너무 감상적이거나 비관적인 것 같아. 지난 일은 잊어. 머리 건강에 좋지 않으니까. 그냥 사는 거야. 낮에는 오모니아 시장통에서 단속 경찰한테 쫓기지만 감시가 소홀한 저녁에는 신타그마 광장에 나만의 가게를 차리지. 손님은 있을 때도 있고, 없을 때도 있어. 얻어터질 때도 있지만 안 얻어터지는 날이 더 많아. 쓰레기통에도 좋은 건 있지. 아까는 호텔 쓰레기통에서 손도 안 댄 케이크를 상자째로 건졌어. 신이 나를 위해 남겨 두신 거였지. 난 엄숙하게 기도를 드리고 감사히 케이크를 잘랐어. 기가 막히게 달았지. 요나는 그 순간 행복했어. 조금 남겨 놨는데 민수, 맛볼래?"

요나는 가방 속을 뒤지더니 투명 비닐봉지에 뭉쳐진 케이크 덩어리를 내밀었다.

"됐어. 그딴 거 안 먹어도 돼."

나는 초콜릿크림을 힐끔거리며 비닐봉지를 밀어냈다.

"에이, 먹어 둬. 거리에서 살다 보면 도움을 받을 때도 있고 줄 때도 있는 거야. 그나저나 집은 왜 나왔어?"

"집 나온 것처럼 보이냐?"

"당연. 무지 티 나. 가출 청소년, 오늘이 첫날. 근데 친구, 아까부터 왜 호텔 앞을 서성대? 쓰레기통은 정문이 아니라 후문인데. 저쪽 골목을 돌면 나와. 요샌 쓰레기통 뒤지는 것도 진짜 경쟁. 일단 먼저 하나를 찍어. 그런 다음 잽싸게……."

"됐고!"

"됐어? 그럼 돈 있어?"

나는 고개를 저었다.

"먹기나 해."

요나가 비닐봉지를 내 손에 쥐여 주었다. 나는 비닐을 풀고 그 안에 뭉쳐진 크림 덩이를 입에 넣었다. 달았다. 미끈한 초콜릿크

림과 스펀지케이크가 스르르 녹아내렸다. 나는 입을 벌리고 남은 케이크를 밀어 넣었다. 성난 세포들이 천천히 제자리를 찾고 온몸의 근육이 기분 좋은 휘파람을 불었다.

"막 전율이 오지?"

내가 고개를 끄덕이자 녀석은 유쾌한 동작으로 내 등을 탁 쳤다.

"것봐. 그냥 산다고 막사는 건 아니라고, 친구. 난 쓰레기통에서도 좋은 것만 가져와. 존엄성! 인간의 존엄성을 지켜야지."

녀석은 새하얀 이를 드러내고 기분 좋게 웃었다.

"아테네엔 언제 왔냐?"

"쫌 됐어. 피레우스에 텃세가 너무 심해서. 잘 데도 마땅치 않고. 여긴 근처에 홈리스 쉼터가 있거든. 가면 밥도 주고 일찍 들어가는 날엔 재워도 준다? 어디 의사 연합에서는 줄리아 건강 상태도 봐주고. 잘 왔지. 근데 친구, 크레타 섬에 살 땐 몰랐는데 여기 완전 거지 소굴이더라. 아테네엔 다 잘사는 사람들만 있는 줄 알았는데 멀쩡하게 생긴 그리스 아저씨들이 비싼 브랜드 옷을 걸치고 쓰레기통을 뒤져. 왜 그래?"

녀석은 또 웃었다. 나도 따라 웃었다. 당할 만큼 당한 녀석이 아직도 한순간에 모든 것이 날아갈 수 있다는 인생 불변의 법칙을 깨우치지 못했다니 우습지 않은가. 녀석이 앞으로 아테네에서 배울 것이 있으니 다행이었다.

따지자면 나도 왕년엔 셰프의 아들이었다. 다른 말로 주방장이지만 아빠는 셰프라는 어감에 꽤나 만족했었다. 그때는 김치도 마음껏 먹었었지. 하지만 지금은 수블라키조차 마음껏 먹지 못한다. 니코스 아저씨는 자기 허리띠는 놔두고 아빠의 허리띠만 끊임없이 졸라 대니까. 아저씨는 멀쩡한 그리스 사람들도 죄다 퇴출되는 마당에 아빠 같은 외국인을 데리고 있는 건 오로지 자신의 의리 때문이라며, 한국전쟁 당시의 일부터 한국 정부로부터 공로 훈장을 받은 일까지 죄다 엮어 가며 온갖 생색을 냈다. 하지만 아빠도 나도 그리스 사람들도 다 안다. 니코스 아저씨 같은 사람 밑에서 남아나는 직원은 아무도 없었다. 오직 아빠만이 숨죽이고 입을 다물고 니코스 아저씨에게 저항하지 않는 것이다. 모르겠다. 왜 그렇게 바보같이 살고 있는지.

"마담! 구치 가방이 50유로예요."

요나가 지나가는 사람들을 향해 소리쳤다. 사람들은 코웃음을 쳤다.

"구치 가방이 50유로래. 웃기지도 않아."

바보 녀석. 녀석은 장사하는 법을 도통 모르고 있었다.

"너 입 좀 다물어라."

내가 요나를 옆으로 밀치며 말했다.

"마드무아젤, 아티카 백화점에서 쇼핑하셨어요? 신발이 정말 예뻐요."

나는 지나가는 여자 한 명을 점찍고는 넉살을 떨었다. 발목까지 칭칭 두른 가죽 끈이 매우 눈에 거슬렸다. 바쁜 걸음으로 지나치던 여자가 살짝 나를 돌아봤다.

"잠깐 좀 와 보세요. 구경은 공짜. 누나한테 어울리는 가방이 딱 하나 남아서 그래요. 안 사도 좋아요."

여자는 피식 웃으면서도 걸음을 내 쪽으로 옮겼다. 좋아. 잘하고 있어.

"가방을 살 땐 반드시 안쪽을 살펴봐야 해요. 여기 봐요. 시리얼넘버 보이죠?"

여자는 가방 안쪽에 흐릿하게 박힌 숫자를 들여다보았다.

"가죽을 만져 보세요. 누나 같은 사람은 아티카 백화점을 많이 다닐 테니 이탈리아 장인들의 핸드메이드 품질을 잘 아실 거예요. 봐요. 차이가 없죠?"

이번에는 여자가 손가락으로 가죽을 더듬었다. 이젠 가격을 얘기할 차례다.

"겨우 200유로예요."

옆에서 요나가 눈을 휘둥그레 뜨고 날 쳐다봤다.

"딱 하나 남았다고요. 여기서 사세요. 괜히 아티카 백화점에서 바가지 쓰지 말고."

여자는 가방을 어깨에 걸친 채 몇 걸음 걸어 보았다. 나는 엄지를 치켜들었다.

"누나한테는 50유로쯤 깎아 줘도 아깝지 않겠어요."

"오, 노노. 그래도 너무 비싸."

"좋아요. 그럼 100유로. 더 이상은 안 돼요. 사람들이 몰려들잖아요. 이걸 안목이 없는 사람들에게 팔게 하지 마세요. 다른 손님들 구두 좀 보세요. 형편없다고요."

여자는 주위에 서성대는 다른 손님들을 힐끗거렸다. 마침 한 여자가 그 가방에 눈길을 던졌다. 다급해진 여자는 망설임 없이 지갑을 열었다. 나는 요나에게 눈짓을 보냈다. 요나가 가방을 싸 주면서 거들었다.

"오! 굿. 가방 진짜 예뻐."

"잘 사신 거예요."

여자는 기분 좋은 표정으로 웃어 보였다. 자신이 이렇게 많은 손님을 끌어 준 것도 모르고 말이다. 물건이 한번 팔리면 그다음 일은 일사천리로 진행되기 마련이었다. 잔뜩 흥이 난 요나가 어깨를 들썩거리며 지폐를 셌다.

"오효오! 민수, 너 대단한데? 진짜 장사꾼 같아."

"쓰레기통 터는 것과 똑같아. 일단 하나 찍어. 그런 다음……."

요나는 내 등을 퍽퍽 두들기며 웃음을 터뜨렸다. 시장통에서 산 지가 벌써 몇 년짼데. 거리의 장사치들은 뜨내기 손님들의 마음을 신보다 더 잘 꿰뚫었고 그걸 구경하는 건 마술쇼만큼이나 재미있는 일이다. 허영심을 한껏 자극한 다음 가격을 적당하게 내려 주면 저절로 지갑이 열리게 되어 있다.

"근데 민수, 좀 양심에 찔리지 않아?"

"짝퉁 가방 파는 놈이 양심도 있었냐?"

"그래도 50유로랑 100유로는 얘기가 다르잖아."

"아티카 백화점은 양심이 있는 것 같지? 여름 시즌 끝나면 마네킹이 벗어 놓은 500유로짜리 옷 한 벌이 얼마가 되는지 알아? 100유로. 그게 아웃렛 매장으로 흘러들어 가면 50유로까지 내려가."

요나는 눈동자를 돌려 가며 열심히 머리를 굴리고 있었다. 녀석은 최후의 가격이 몇 퍼센트나 싸졌는지를 계산하고 있겠지만 틀렸다. 처음에 책정된 가격이 얼마나 터무니없는지를 따져 봐야 된다. 그 안에 포함된 욕망의 값어치가 얼마인지.

"넌 글렀어. 차라리 공부나 하지그래?"

"공부?"

요나가 또다시 눈을 휘둥그레 뜨고 날 쳐다봤다.

"할 수만 있으면 그것도 괜찮지. 하지만 친구, 일단 부자부터 되고 보자. 공부를 하려면 돈이 필요하다고. 우리 둘이 동업을 하면 돈 좀 벌 수 있을 것 같지 않아? 그런데 100유로는 심해. 아티카 백화점엔 안 가 봤지만 거긴 진품이잖아. 이건 아니고. 그러니까 우린 딱 50. 그래, 좋다! 70유로까지만 받자. 그게 옳아. 오케?"

녀석은 썩 훌륭하다. 하지만 이래선 부자가 될 수 없다. 부자는 니코스 아저씨처럼 뭐든 그럴듯하게 포장해서 팔아먹어야 될 수 있는 거다. 크레타 농장에서 우리가 실어 온 올리브유의 원가는 기껏해야 1리터에 3유로나 될까. 하지만 진초록빛 유리병에 옮겨 담은 다음 올리브나무 사진이 인쇄된 황금빛 스티커 한 장을 붙여 놓으면 30유로로 둔갑한다. 와인도 그렇다. 뭐든 그런 식이다. 그래도 니코스 아저씨는 늘 떳떳하다. 녀석은 여러모로 아빠와 닮았다. 50유로 이상 받는 것은 양심에 찔리고, 누가 잡으러 오지 않을까 내쫓기지 않을까 눈치 보고, 남의 땅에서 푼돈이나 벌며 살아가는 주눅 든 인생 말이다.

"헤이, 동업자. 화장실 좀 다녀올 테니까 그동안 잘 팔아."

녀석은 줄리아를 등에 멘 채 맥도널드로 향했다. 공인된 공짜 화장실이다. 평소에는 화장실에 갈 때마다 짐을 들쳐 메고 다녔겠지. 그렇게 들어갔다가 욕이나 얻어먹고 쫓겨났을 게 분명했다. 그러고도 그냥 사는 거야, 하는 녀석.

"이건 얼마지?"

구경하던 손님들 중 한 명이 물었다. 나는 얼른 말했다.

"100유로요!"

내 딴엔 싸게 부른 거였다. 100유로에서 흥정하다 보면 70유로가 되겠지. 손님은 가방을 들고 꼼꼼히 살펴보고 있었다. 마블 티셔츠를 입은 남자였다. 아이언맨과 헐크와 캡틴 아메리카가 불룩

나온 남자의 배를 수호하고 있었다. 남자는 가방을 어깨에 메고는 나에게 잘 어울리냐고 물었다.

"아, 그건 여자 거라서요. 손님한텐 이쪽이 더 나을 것 같은데……."

"요새 그런 게 어딨나. 이 바닥에서 일하는 청년치고 도무지 패션 감각이 없군."

패션을 제대로 아는 중년 아저씨가 애들이나 입는 마블 티셔츠를 입고 누나들이 메고 다니는 짝퉁 가방을 고르냐고 묻고 싶었다. 그때 카페 쪽에서 키가 마블 남자보다 훌쩍 큰 여자가 다가오더니 말했다.

"그거 자기한테 어울린다. 괜찮네."

여자는 마블 남자의 허리에 팔을 두르더니 머리를 뒤로 휘리릭 넘겼다. 긴 머리가 흩어지자 얼굴이 보였다.

"바부시스 선생님?"

미스 바부시스의 가슴에는 토르와 스파이더맨과 아이언맨과 블랙위도가 두 주먹을 불끈 쥔 채 폼을 잡고 있었다.

"민수? 자네 장사도 하나?"

"아니, 그게 잠깐……."

대체 이 상황에서 뭐라고 해야 하나. 이건 내 장사가 아니라, 잠깐 물건을 봐주는 것뿐이고, 실은 오늘 집을 나온 거라고 미스 바부시스한테 꼬치꼬치 고할 이유는 없지 않나.

"근데 이거 100유로라고 했어? 카피치고 너무 비싸지 않아?"

미스 바부시스가 따졌다.

"비싸긴요. 저 밑에 시장에 가 보세요. 무지 후진 것도 150유로는 주셔야 돼요. 맘에 안 들면 사지 마시든가요. 요새 없어서 못 팔아요."

지금 내가 뭐라고 지껄이는 거지. 미스 바부시스에게 가방 하나 팔아 보겠다고 수작을 부리는 내가 싫어지려는 찰나 마블 남자가 지갑을 열더니 100유로짜리 한 장을 펄럭이며 내밀었다. 나는 얼른 돈을 챙겼다.

"자기 오늘 바가지 쓴 거야."

미스 바부시스가 눈썹을 찡그리며 말했다. 그러거나 말거나 마블 남자는 휘파람을 불면서 미스 바부시스의 걸음을 재촉했다. 미스 바부시스가 여학생들을 해코지했다는 소문은 헛소문이 틀림없다. 하지만 미할리스가 지금 저 모습을 보면 또 뭐라고 지껄일까. 틀림없이 더한 소문을 지어내겠지. 생각이 거기에 미치자 통쾌한 게 아니라 불안해졌다. 저렇게 신타그마 광장을 활보하다가 악질 녀석들한테 걸리면 어쩌려고. 하지만 그런 걸 신경 쓰는 사람이 보란 듯 저러고 다니겠는가. 사이좋게 손을 잡고 광장 너머로 사라져 가는 두 남자의 모습은 무척 다정해 보였다.

"오효오! 카페도 문 닫는데 우리도 들어가자."

요나가 경중경중 뛰어오며 말했다. 어느새 잠에서 깬 줄리아가

옹알대고 있었다.

내가 요나에게 100유로를 내주었더니 녀석은 또 잔소리를 쏟았다.

"오효오. 친구, 넌 정말 재능이 있어. 하지만 이렇게 네 재능을 낭비해서는 안 되는 거야. 아껴 써야지. 안 그러면 질투의 신이 재능이건 행운이건 도로 빼앗아 가는 수가 있으니까. 조심해, 친구. 하룻밤에 모든 운을 거덜 내지 말라고."

요나는 진지한 눈빛으로 나에게 충고했다. 하지만 거덜 낼 운이란 게 있기나 한가. 집을 나왔고 수중에 돈 한 푼 없는데.

"받아 둬. 오늘 일당이다."

요나는 100유로를 도로 내게 건넸다. 세상이 이만큼 공평했다면 아빠와 나는 벌써 요나가 말하는 부자라는 것이 되어 있을 것이다. 요나와 나는 짐을 나눠 지고 길을 나섰다. 어디로 가는지 알 수 없었지만 녀석이 있어서 다행이었다.

요나가 날 데려간 곳은 하필 폴리테크니오 뒤편의 페디오투아레오스 공원이었다. 이곳은 아빠와 내가 폴리테크니오에서 빈둥빈둥 시간을 보내다 집으로 가기 전에 들르는 마지막 코스였다. 하지만 공원은 완전히 변해 있었다. 입구서부터 보이기 시작한 텐트는 안으로 들어갈수록 많아졌고 나무마다 이어진 줄 위에는 빨래가 널려 있었다. 바닥에 종이 상자와 돗자리를 깔고 이불을 둘둘 말고 누운 사람들, 가재도구와 집안 살림을 벽처럼 쌓아 둔 사람들, 한쪽에서는 아기들이 울어 대고 한쪽에서는 남자들이 모여 웅성웅성 잡담을 나눴다. 오모니아 광장에서도 난민들의 캠프를 본 적 있었지만 이정도는 아니었다.

"곧 옮긴대. 어디라더라, 엘레오나스? 거기에 캠프를 만들었대. 아테네 변두리겠지. 어쨌거나 보기 좋진 않잖아."

요나가 제집에 나를 초대한 양 말했다.

"너 여기서 외로울 일은 없겠다."

"시끄러워서 잠을 못 자지."

요나는 한쪽 눈을 찡긋하고는 한적한 나무 밑에 자리를 잡았다. 녀석은 보따리를 내려놓고 줄리아를 안아 들었다. 줄리아는 배가 고픈지 빽빽 울어 댔는데 그 소리는 다른 애들의 울음소리에 묻혀서 들리지도 않았다. 요나는 내게 얇은 담요 하나를 내주었다.

"난 괜찮아. 줄리아나 더 덮어 줘."

"잠들면 체온이 떨어져. 네가 밖에서 안 자 봐서 그래. 친구, 내 말 들어."

나는 요나가 시키는 대로 담요를 둘둘 감고 바닥에 누웠다. 온종일 돌아다닌 탓인지 금세 눈이 감겼다.

"튀어! 빨리빨리!"

소리가 들린다. 더 크게 더 가까이. 타다다닥!

"민수, 민수! 어서 일어나!"

요나가 나를 마구 흔들었다. 시야가 흐릿했다. 어둠 속에 나무가 움직이고 있었다. 아니, 나무가 아니라 사람들인가. 시끄럽던 주변은 어느새 잠잠해졌는데 한쪽에서 누군가가 서로 엉켜서 몸싸움을 벌이고 있었다. 단속 경찰?

"민수, 어서!"

요나의 외침에 나는 튕기듯 일어섰다. 요나는 벌써 짐을 싸서 어깨에 메고 등에 줄리아까지 달았다. 내가 요나의 보따리 하나를 받아 들었다.

"저기! 두 놈! 저놈들도 잡아!"

"튀어!"

요나는 긴 다리로 성큼성큼 공원 출구를 향해 뛰며 말했다. 하지만 무거운 보따리가 딜렁거리며 내 걸음을 잡았다.

"요나!"

그때 불쑥 어둠 속에서 그림자 하나가 튀어나오더니 보따리를 잡고 늘어졌다. 나는 있는 힘을 다해 보따리를 낚아챈 다음 다시 뛰기 시작했다.

"어쭈! 제법인데?"

이번에는 경찰 셋이 한꺼번에 보따리를 잡고 늘어졌다. 내가 보따리를 잡고 버티자 저만치 도망가던 요나가 다시 돌아오고 있었다.

"오지 마! 먼저 가!"

하지만 세 명과 상대하기에 나는 역부족이었고 보따리를 움켜
잡은 손에서 힘이 빠져나가고 있었다. 요나가 뛰어와 간신히 보따
리를 붙들고 있는 내 손을 챘다. 그 바람에 경찰들이 넘어져 보따
리가 떨어졌다. 매듭이 풀린 보따리는 우르르 가방을 쏟아 냈다.
땅바닥에서 구치, 샤넬, 루이뷔통, 프라다, 에르메스가 나뒹굴었
다. 나는 닥치는 대로 가방을 줍기 시작했다.

"버려! 튀라니까!"

요나는 내 손을 잡아끌었다. 버려? 이걸? 미쳤어? 이건 네 전
재산이잖아! 100유로짜리 가방이 몇 개냐면⋯⋯.

"어쭈, 이 자식들 봐라."

단속 경찰들이 일어나 우리 쪽으로 다가오고 있었다. 잔뜩 겁
에 질린 요나가 내 팔을 잡아끌었다.

"민수, 민수! 플리즈!"

그때 퍼억 소리가 나더니 요나가 배를 잡고 고꾸라졌다. 자지
러지는 줄리아의 울음소리가 공원에 울렸다. 나는 두 손을 위로
쳐들었다.

"그, 그러지 마세요! 아기가 있어요."

하지만 그들은 멈추지 않았다.

"아기가 있다고요!"

나는 웅크린 요나를 향해 몸을 날렸다. 요나의 등에 매달린 작

고 말랑한 줄리아의 몸 위로. 퍽퍽퍽. 발길질이 이어졌다. 나는 온몸으로 줄리아를 감싸 안았다. 발길질은 내 등으로, 머리로, 팔로 멈추지 않고 이어졌다.

"요나! 내 말 들려?"

내 밑에 깔린 요나가 간신히 고개를 끄덕였다.

"내가 시간을 끌게. 그때 도망가. 줄리아를 살려야 해."

"오케."

요나가 겨우 대답했다.

"하여간 이런 새끼들 때문에 골치야."

퍽퍽퍽. 둥둥둥. 탁탁탁. 그들의 하루 치 스트레스가 구둣발의 리듬을 타고 풀려나오고 있었다.

"증! 허가증 있어요!"

"증? 무슨 증?"

한 명이 피식 웃었다.

"학생증. 체류 허가증. 여기, 여기 다 있어요. 보여 드릴게요."

나는 얌전히 두 손을 들고 몸을 일으켰다. 온몸이 후끈거렸다. 나는 한 손으로 요나를 일으킨 뒤 다른 손을 주머니에 넣고 학생증을 찾아 더듬거렸다.

"여기, 여기요."

나는 학생증과 꼬깃꼬깃 접힌 체류 허가증을 허겁지겁 꺼냈다. 이 두 개만 있으면 겁낼 건 없다. 경찰 한 명이 체류 허가증을 채

갔다. 어둠 속에서 더 많은 단속 경찰이 몰려오고 있었다. 어서 요나를 보내야 한다. 녀석이야말로 잡히면 끝장이다.

"체류증도 있대?"

"하긴 중국 애들은 무슬림이랑은 다르니까."

"그러니까 더 싫고 재수 없다. 그치?"

단속 경찰들은 내 체류증을 돌려 보며 시시덕거렸다. 이때다. 내가 달려들어 경찰의 손에 들린 체류 허가증을 뺏으며 요나에게 눈짓했다.

"뭐야, 이 새끼? 죽고 싶어?"

한 명이 내 머리통을 갈겼다. 또 한 명은 침을 뱉고 또 한 명은 몽둥이를 꺼내 들었다.

요나는 우물쭈물하다가 그대로 몸을 돌려 달아났다. 녀석은 공원 출구를 나가다 나를 힐끗 돌아봤다.

"테오도루 24번지. 거기서 만……."

요나는 내 말이 끝나기도 전에 어둠 속으로 사라졌다. 녀석을 쫓아가던 경찰들은 다 귀찮다는 듯이 내 쪽으로 걸어오더니 욕설을 퍼부었다.

"하여간 중국 새끼들 약은 건 알아줘야 해."

속에서 불이 일었다.

"한국 사람이에요. 중국 아니고."

"어쭈, 코레아? 한국 애가 왜 여기서 자? 왜 니들까지 여기 와서 질서를 어지럽히냐고."

경찰 한 명이 거칠게 내 머리를 내려쳤다.

"자꾸 왜 때려요? 경찰이 이래도 돼요?"

"핫하하하!"

경찰들은 점점 수를 불리더니 나를 둘러쌌다.

"우리보고 경찰이래. 하긴 이 시간엔 우리가 아테네의 치안을 담당하지. 난민, 무슬림, 불법 이주자, 너 같은 아시아계 조무래기까지."

철썩. 가슴에 시커먼 파도가 쳤다. 다리가 후들후들 떨려 온다. 개자식들! 요나와 함께 튀었어야 했다. 죽기 싫으면 지금이라도 튀어야 한다. 하지만 채 한 발짝도 떼기 전에 기다란 몽둥이가 어깨를 내리쳤다. 주먹이 날아들고 구둣발이 달려들었다. 나는 바닥에 엎어졌다.

"도망갈 거였으면 아예 기어들어 오지 말았어야지."

성난 목소리가 내 귀를 찔렀다.

"그리스를 거지 나라로 만드는 건 너 같은 새끼들이야!"

욕설, 분노, 차갑고 날카로운 것들이 피부를 찌른다. 이런 기분이었을까. 수블라키집 꼬챙이에 꽂힌 돼지고기 말이다. 입 안가득 고인 뜨거운 피를 뱉어 내자 그 안에 하얗고 단단한 게 섞여 나온다. 저게 뭐였더라. 이름이 뭐였더라. 퍽퍽퍽. 나는 몸을 말고 기어코 입 속에서 떨어져 나온 것의 이름을 기억하려고 애쓴다. 왜 이들은 이토록 분노하는 걸까. 내가 뭘 어쨌길래. 집을 나온 것뿐이었어. 하룻밤 공원에서 자려던 것뿐이었어. 왜? 단단한 공처럼 말려 있던 몸이 후드득 풀어진다. 끈적한 피가 홍건히 팔을 적신다. 손가락 끝에 무언가 만져진다. 요나의 가방이다. 나는 손을 뻗어 가방을 지키려고 하지만 멋대로 떨리는 손가락으론 아무것도 움켜쥘 수 없다. 시커먼 하늘이 뭉개지고 흐려지더니 사라진다.

조심해, 친구. 하룻밤에 모든 운을 거덜 내지 말라고. 요나의 큰 눈이 나를 바라본다. 내 운은 여기서 다한 것일까. 정말 이대로 끝나는 것일까. 문득 그 사내가 떠오른다. 에메랄드빛 에게 해 바다에 몸을 날렸던 남자. 머리에서 피를 쏟으며 수면 위로 떠오른 시체. 누구였더라. 그래, 아랫집 애들의 아빠. 흐흐. 내가 죽기 직전에 생각한 사람이 그 애들의 아빠라니. 정말, 어쩌면 모든 게 이렇게도 말이 안 되고 우스운 걸까. 또다시 날아드는 발길질. 이젠 하나도 아프지 않다. 내 죽음과 그의 죽음을 비교하자면 어느 쪽이 더 허무할까. 느닷없이 목구멍에서 웃음이 터져 나오고 있었다.

"그만둬! 도와주세요! 사람이 죽어요! 제발!"

새로운 목소리 하나가 공원을 뒤흔들었다. 나는 고개를 움직여 보지만 아무것도 보이지 않는다.

"넌 또 뭐야? 시끄러워서 잠이 안 오셔? 마사지라도 해 주련?"

날 때리던 그림자들이 새로운 사냥감을 향해 슬금슬금 다가간다. 나는 일어나려고 애쓴다.

"그만둬. 그만두라고!"

앵앵거리는 목소리가 익숙하다. 나는 땅바닥에 무릎을 꿇고 헐떡거린다. 저만치서 겁에 질린 얼굴이 조각상처럼 나를 노려보고 있다. 세상에! 레오니스, 너도 여기서 자고 있었던 거야?

"도망가! 병신! 도망가라고!"

내가 간신히 소리쳤다.

"시, 신고했어! 이제 당신들 모두 끝장이야!"

레오니스가 울먹였다.

"신고? 쿠핫하하. 이 밤중에 누가 온다고? 근데 넌 러시아 애냐? 오늘 아주 수확이 좋은데?"

그림자들은 킬킬거리며 레오니스의 목을 낚아챘다. 레오니스의 비명이 날카롭게 고막을 찌른다. 나는 있는 힘을 다해 몸을 일으켰다. 그때 바지 주머니에서 무언가 쟁그랑 소리를 내며 떨어진다. 뾰족하고 단단한 물체. 단도였다. 낮에 시장에서 흑인 남자가 미처 못 챙긴 단도가 내 주머니 속에 있었다. 나는 단도를 손에 움켜쥐었다. 요나, 내 운은 다하지 않았어. 나는 칼을 들고 비틀비틀 걸었다. 레오니스가 내 앞에서 깡패들한테 얻어터지고 있었다.

"안 돼!"

단도를 치켜들고 구둣발의 등에 내리꽂았다. 잠깐, 아주 잠깐, 뾰족한 칼날이 달빛에 번쩍거리는 걸 나는 보았다. 그리고 비명소리. 바닥에 떨어지는 둔탁한 몸. 타다다닥. 도망가는 발걸음. 욕지거리. 사이렌 소리. 눈앞이 아득하다. 문득 미안하다. 누구에게? 생각나지 않는다. 푸르르르. 발작을 멈춘 손가락이 땅 위에 힘없이 떨궈진다.

10

Stranger in Paradise

노랫소리가 들려온다.

I'm a stranger in paradise.

All lost in wonderland.

젊은 남자의 목소리. 낮고 구슬픈 음성이다.

Don't send me in dark despair.

······A stranger no more.

우울한 목소리는 점점 커진다. 남자는 흐느낀다. 금방 돌아올

게. 남자가 말한다. 2년이야. 아들, 2년은 금방이야.

I'm a stranger in paradise.*

나는 노랫말이 무슨 뜻인지 알 수 없다. 길가에 새하얀 꽃이 피어 있다. 온통 새하얀 빛이 쏟아져 들어온다.

나는 눈을 뜬다.

시커먼 형상이 나를 붙잡고 미친 듯이 흔들어 댄다.

나는 다시 눈을 감는다.

"제발! 정신 차려!"

아니, 싫어. 또다시 울리는 사이렌 소리. 곧이어 온몸이 공중으로 날아오른다. 죽는 기분은 이렇구나.

"민수 리. 테오도루 24번지."

누군가 내 이름과 주소를 말한다. 눈을 슬며시 떠 본다. 파란색 눈망울에 고인 눈물이 내 얼굴 위로 툭 하고 떨어진다.

"민수, 곧 병원 도착해. 다 괜찮을 거야."

"레오니스…… 나 살아 있나?"

녀석은 고개를 끄덕였다. 나는 눈을 감았다. 살았구나. 하지만…… 하나도 고맙지 않다.

Tony Bennett의 노래 〈Stranger in Paradise〉

"죽었어? 그 사람?"

아무 대답도 들리지 않는다. 녀석의 울먹이는 소리밖에.

죽었구나. 열여섯에 살인자가 된 거야. 왈칵 서러움이 솟구치고 만다. 참았던 울음이 터져 나온다. 어젯밤으로 돌아갈 수 있다면. 차라리 그리스에 오지 않았다면. 아예 아빠가 날 찾으러 오지 않았다면. 하지만 모든 건 처음부터 정해져 있었던 것이 아닐까. 내게 행운 따위는 어울리지 않는지 몰라. 옆에서 레오니스가 내 팔을 흔들며 말했다.

"날 좀 봐. 민수."

녀석은 억지로 내 눈꺼풀을 열어젖혔다. 희뿌연 배경에 녀석의 일그러진 얼굴이 보였다. 녀석은 갑자기 웃기 시작했다. 웃어? 녀석은 진짜 웃겨 보였다. 우스워 못 견디겠다는 표정으로 입술을 간신히 오므리고는 볼을 실룩거렸다.

"너도 봤어야 돼. 네가 그 장난감 칼을 내리꽂자마자 놈들이 혼비백산하고 도망가는데, 진짜 영화의 한 장면 같았지. 그런 무시무시한 칼은 어디서 난 거야?"

녀석은 또 한번 실실댔다.

"장난감 칼? 그러니까…… 아무도 안 죽은 거야?"

"그걸로는 스펀지케이크도 자를 수 없었을걸. 사실 칼보단 네고함이 더 무시무시했지. 정말 미치광이 같았거든. 마침 경찰이 나타났고."

나는 당장 녀석을 얼싸안고 뽀뽀라도 하고 싶었다.

"진짜 아무도 안 다친 거지?"

"아무도 안 다치긴. 네 몰골을 좀 봐. 넌 죽을 수도 있었어."

레오니스가 얼굴을 찡그리자 희고 고운 살결에 주름이 잡혔다.

잠시 후 앰뷸런스는 병원에 우리를 내려놓았다. 새벽의 응급실
은 시장 바닥 같았다. 피에 흥건하게 젖은 사내들이 대기실 바닥
에 누워 있거나 구부정하게 앉아 있었고 수십 개의 간이침대가
들어오고 나갔다. 우리는 가장 끝자리에 앉아 순서를 기다렸다.
간호사 한 명이 다가와 아무 설명도 없이 커다란 솜뭉치를 던져
주고는 다시 종종걸음을 치며 사라졌다.

"입 안에 넣어야 해. 으으, 피 좀 봐."

레오니스가 얼굴을 잔뜩 찡그리고 솜뭉치를 떼서 내 입 안에
넣었다.

"됐어, 내가 할게."

하지만 레오니스는 물러서지 않고 저 나름의 응급처치를 하기
시작했다. 바쁘게 돌아다니는 간호사 주위를 뱅뱅 돌며 소독약
이며 진통제를 얻어 와서는 바르고 먹이고 머리에 붕대까지 칭칭
감아 주었다. 녀석은 이쪽으로 재능이 있어 보였다. 두 시간을 기
다려 알현한 의사는 레오니스의 처치에 감탄했고 찢어진 부위에
피부용 본드를 발라 봉했다.

"입원해야 하는 거 아니에요?"

레오니스의 말에 의사는 어깨를 으쓱하더니 차례를 기다리는 집시 두 명을 가리켰다. 찢긴 종아리에서 피가 흘렀고 가만 보니 종아리뼈가 밖으로 튀어나와 있었다. 레오니스가 얼굴을 잔뜩 찡그리자 의사는 "심심하면 새벽에 종종 들러라. 텔레비전에서 안 보여 주는 무삭제판 드라마가 여기 다 있으니까." 하며 한쪽 손을 흔들고는 집시들 쪽으로 가 버렸다.

어차피 병원은 질색이다. 환자로 대접받고 싶다면 절대 오지 말아야 할 곳이 국립병원이었다. 국립병원은 집시와 불법체류자와 세금을 꼬박꼬박 내는 시민들까지 공평하게 대우해 주는 덕분에 풍경은 2차 세계대전 당시 야전병원을 연상케 했고 서비스는 형편없었다. 결코 줄지 않는 대열에 합류해 온종일 기다리다 보면 내 처지가 한심하고 불쌍해서 순번을 코앞에 두고도 뛰쳐나오게 된다. 차라리 집에서 혼자 아픈 게 나았다.

병원 문을 나서자 가장 먼저 까만 비둘기 떼가 우리를 반겼다. 아직 비둘기와 떠돌이 개들의 시간이었다. 먼 곳에서부터 하늘이 군청색으로 변하기 시작했다.

"바닷가, 가 볼래?"

내 제안에 녀석의 눈이 먼저 웃었다. 주머니 안에는 기특하게도 요나가 준 100유로가 그대로 들어 있었다. 지나가던 택시가 멈추더니 우릴 태웠다.

"공원에서 혹시 요나 봤어? 흑인 남자애."

"몰라. 난 너밖엔 못 봤어."

다행이야. 요나는 제대로 도망친 거다. 맘 약한 녀석. 지금쯤 어디서 울고 있을지 모른다. 모두 자기 때문이라고 자책하면서. 하지만 요나, 나 때문이었어. 내가 좀 더 빨랐어야 했어. 가방 같은 거에 미련 갖지 말고 일찌감치 도망쳤어야 했어.

"놈들은 잡혔고?"

레오니스는 고개를 저었다.

"뭐 하는 사람들이었어?"

"요새 그런 미친 파시스트들이 여기저기 날뛴대. 인종 청소. 넌 완전 잘못 걸린 거였어."

"뭐, 나 아니었음 다른 사람이 당했겠지."

"다들 겁에 질려 어쩔 줄을 몰라 했어. 멀찍이 도망가기 바빴지. 오늘 걸린 게 자기가 아니라 너란 거에 안도한 사람도 많았을 거야. 하지만 공원엔 우리 같은 사람들이 더 많았어. 다 같이 나서서 대항했으면 그런 인간들쯤 몰아낼 수 있었을 거야!"

레오니스는 흥분해서 소리쳤다. 택시 기사가 백미러를 통해 레오니스를 힐끗거렸다. 대항 좋아하시네. 그 사람들이 그럴 처지라고 생각해? 괜히 나섰다가 너까지 죽을 수도 있었어.

왜 녀석과 함께 바닷가에 가고 싶어졌는지 모르겠다. 죽다 살아났더니 일출이라고 보고 싶어진 건가. 네 아버지가 바닷가에서 죽었다고 일러 주고 싶은 것일까. 아니면 지난밤 운 좋게 살아

남은 걸 축하하고 싶은 걸까. 옆에 앉은 레오니스는 소풍 가는 애처럼 흥분한 얼굴로 창밖을 내다보고 있었다. 그 흔한 빵집, 키오스크, 아파트마저 신기한 표정으로 구경하고 있질 않나. 자기 앞에 펼쳐진 인생이 온통 즐겁고 재미난 것으로 가득하다는 양. 녀석은 정말 그렇다고 믿는 걸까. 그래서 가능한 건가. 빌루 가족과 함께 사는 것 말이다.

"야아, 저기 바다 보인다."

레오니스가 잔뜩 흥분한 목소리로 말했다.

"바다 첨 보냐? 어린애처럼 굴긴."

100유로짜리 지폐 한 장을 건네자 택시 기사는 옅은 빛에 한참 동안 지폐를 비추더니 거스름돈을 내주었다.

아직 어두운 새벽 바다에는 머리만 둥둥 내놓고 수다를 떠는 할머니들이 보였다. 새벽부터 수영이라니. 그리스 노인들은 정말 미스터리다. 햇빛 쨍한 날이면 한겨울에도 바다 수영을 즐기는 사람들이지만 아무리 그래도 이 시간에 잠도 안 자나, 춥지도 않은가. 그리스가 아무리 변했다 해도 이곳만은 변치 않았다. 맨땅에서는 관절염을 호소하는 할머니들도 바닷속에만 들어가면 팔팔해져서 점심에 먹을 문어 요리법을 토론하고, 아무리 세련된 빵집이 새로 들어서도 역시 30년 전통 파파도풀로스네 빵집만 한 곳이 없다며 수다를 떤다. 바다 한가운데서 웃음소리가 터져 나오고 찰싹찰싹 잔잔한 파도가 모래사장을 때린다. 눈앞에 펼쳐진 느긋한 광경은 세상 모든 사람들이 머릿속에 그리는 지중해 그리스의 풍경이었다. 그 안에 끼고 싶었다. 그런데 이렇게 엉망이다.

나는 모래사장에 풀썩 주저앉았다. 멀리 주홍빛 태양이 바다 위로 머리를 디미는 게 보였다.

"멋지다."

레오니스가 중얼거렸다. 녀석의 말랑거리는 감상이 순간 나를 피곤하게 만든다.

"참 멋진 것도 많다. 넌 대체 보육원에서 어떻게 산 거냐? 그쪽 세상도 그렇게 멋지던? 난 전혀 그렇지 않던데?"

레오니스는 새파란 눈으로 나를 쳐다보았다.

"왜? 몰랐어? 너나 나나 같은 출신이란 거. 내가 지금 아버지란 사람이랑 같이 살고 있다고 단란한 가정에서 평안한 시간을 보내 왔을 거라고 착각하지 마라. 가족은, 빌어먹을! 때로는 거지 같은 거야."

레오니스의 볼이 실룩거렸다.

"그래도 난 갖고 싶다. 그 가족이란 거."

"넌 가족이 생기면 다 잘될 거라고 믿지? 처음부터 가족 같은 건 없는 게 나아. 지금 네 꼴을 보라고. 네가 제 발로 나온 거라고 생각해? 아닐걸? 넌 그런 식으로 끊임없이 쫓겨나게 돼 있어."

"너나 그렇겠지!"

레오니스가 받아쳤다.

"난 아니야! 나중에 상처받고 쫓겨나더라도 할 수 있는 데까지 해 볼 거야. 정말 두려운 건 아무한테서도 사랑받지 못하는 거니까."

"사랑 좋아하시네. 누가 우리 같은 걸 사랑하겠어?"

"왜, 우리가 어때서? 우리가 버려진 게 우리 탓이야?"

레오니스가 눈물을 주르륵 흘렸다. 순진한 녀석. 보육원에서만 살아온 놈이 뭘 알겠어. 가족을 한 번도 가져 본 적 없는 녀석이 그게 얼마나 치사한 건지 어떻게 알겠어. 가족이 가족을 버리고 배신할 수 있다는 거. 그것도 한 번도 아니고 두 번씩이나. 하지만 레오니스, 내게 더 끔찍한 건 말이야, 그다음이야. 세 번째 버려지는 순간. 아직은 오지 않은 그 순간을 기다리는 것. 그것만큼 미치는 것도 없어.

빨간 태양 빛을 받은 레오니스는 상기된 얼굴로 훌쩍이고 있었다. 그때 녀석의 얼굴 근육이 갑자기 실룩대더니 입술을 달싹거리며 웃기 시작했다.

"뭐가 우습냐?"

레오니스는 그래도 멈추지 않고 실실거렸다. 녀석의 눈 밑이 파르르 떨리더니 입꼬리가 움찔거리며 따라 올라갔다. 실룩대는 볼따구니가 따라가기 싫다는 입술을 억지로 끌어당기고 있었다. 레오니스는 말도 못 하고 한참을 그렇게 괴롭게 실룩대다가 간신히 멈췄다.

"미친놈. 그러니까 마르타가 무섭다고 그러는 거 아냐. 왜 병이라고 말하지 않았어?"

"그, 그걸 어, 어떻게 말해. 안 그래도 날 시, 싫어하는데. 넌, 어떻게 알았어?"

"내 친구 선재 형. 선재 형이 딱 그랬어. 딴 애들은 병신이라고 놀렸지만 난 알고 있었지. 형이 얼마나 힘들어했는지."

그래서 형은 자주 얻어맞았어. 나는 그 꼴을 보고도 뜯어말리지 못했어. 나는 겁쟁이 병신 쪼다 개자식이었으니까.

"그래서 어떻게 됐어? 고쳤어?"

"고쳤지. 스스로."

우리는 말없이 바다만 보았다.

한동안 그렇게 얌전히 앉아 있던 녀석이 느닷없이 웃통을 벗어 던졌다. 내 옆으로 녀석의 바지가 후르르 내려앉았다.

"너 뭐냐?"

내가 말릴 틈도 없이 녀석은 알몸으로 바다로 뛰어들었다. 순식간에 벌어진 일이라 엉덩이 두 짝밖에 못 봤지만 타닥타닥 뛰어가는 깡마른 실루엣은 참으로 가관이었다.

녀석은 바다를 가르며 멀리 더 멀리 전진했다. 얌전해 보이는 녀석에게 저런 대담한 구석이 있었다니. 단숨에 깊은 바다까지 헤엄쳐 간 레오니스는 나를 향해 뭐라고 소리쳤는데 하나도 들리지 않았다. 녀석은 이번엔 손을 흔들었다. 유치하긴. 정말 싫은데 어느새 내 손이 덩달아 흔들리고 있었다.

하지만 레오니스. 선재 형을 죽인 건 지독한 희망이었어. 형은 철석같이 믿었지. 엄마가 돌아올 거라고. 매일 보육원 문밖에서 서성댔어. 난 절대 형처럼 되고 싶지 않았어. 너무 많이 사랑하면 죽을 수도 있는 거잖아.

수영을 마친 백발의 노인 한 명이 바닷물을 뚝뚝 떨구며 가까이 다가왔다. 나는 팔을 들어 시뻘게진 눈시울을 문질렀다. 노인은 옆에 앉아서는 내 붕대 감은 머리를 턱으로 가리켰다. 나는 그저 어깨를 으쓱했다. 노인도 따라서 어깨를 으쓱하더니 크흐흐 가래 끓는 소리로 웃었다. 나도 따라서 크흐흐 웃었다.

바닷가 쪽에서도 커다란 웃음소리가 들려왔다. 레오니스와 할머니들이 함께 수다를 떨며 수영을 하고 있다. 눈부신 햇빛 탓에 검은 실루엣으로 어른거리는 레오니스와 할머니들은 한 떼의 인어 가족 같다.

가족이 갖고 싶다고? 어쩌면 녀석에겐 돌아갈 집이 생기지 않았나. 테오도루 24번지. 빌루 가족의 집, 그리고 나와 아빠의 집 말이다. 순간 몸속에서 뜨거운 덩어리가 울컥 솟구치더니 공중으로 흩어졌다. 이제는 돌아갈 시간이었다. 나는 바다를 향해 걸어 갔다. 눈앞에 아침 빛을 받은 새파란 물결이 일렁였다.

11
테오도루, 신의 선물

불 꺼진 킹 조지 호텔에 도어맨은 보이지 않았다. 대신 뚱뚱한 비둘기들이 퍼덕거리며 대리석 계단 위에 깃털을 날렸다. 도어맨 없는 킹 조지 호텔은 싸구려 여관만큼이나 시시해 보였다. 우리 는 버려진 신문지가 나부끼는 신타그마 광장의 키오스크 앞에 섰다. 올 때 쓴 트램 티켓값을 빼고도 지폐 일곱 장과 동전 두 개 가 만져졌다. 나는 2유로짜리 초콜릿 하나를 사서 둘로 쪼갰다. 남은 돈은 요나를 다시 만나면 돌려줄 작정이었다.

초콜릿을 씹으며 아테네 중심부로 들어가자 곧이어 아티카 백 화점이 보였다. 얼마 전까지 여름옷을 빼입고 바캉스 갈 채비를 서둘던 마네킹 가족들은 사라지고 가을옷을 차려입은 남녀 커 플이 쇼윈도를 차지하고 있었다. 카카오색 아이섀도를 눈두덩 전체에 칠한 금발 머리 여자 마네킹은 번쩍이는 검은색 드레스에 가죽 부츠 차림이었다. 뭔가 이상한 조합이었지만 이런 걸 여자애들은 패션이라 불렀다. 올가을에는 눈두덩을 카카오색으로 칠한 여자들이 거리를 점령할 게 틀림없었다. 레오니스는 남자 마네킹이 입은 체크무늬 셔츠가 맘에 들었는지 눈을 떼지 못했다. 마네킹은 꽤나 거만한 눈빛으로 우리를 내려다보았다. 우리는 후줄근한 데다 찢기고 핏자국까지 선명한 서로의 옷차림을 물끄러미 바라보고는 다시 길을 나섰다.

아카데미아의 아테나 여신은 오늘도 창을 높이 치켜들고 거리를 수호하고 있었고 그 밑에선 노숙자 두 명이 침낭을 똘똘 말고 누워 있었다. 이제 막 문을 연 키오스크 앞에는 신사 한 명이 실내복에 슬리퍼 차림으로 신문을 읽고 있었다. 오모니아에 낮게 깔린 아침 안개는 거리의 오물과 섞여 묘한 냄새를 풍겼다. 잔뜩 쌓인 쓰레기통 주위로 고양이들이 서성대고, 들개처럼 크고 사나운 떠돌이 개들이 우리 뒤를 쫓았다.

이윽고 우리는 좁은 길목에 서 있는 오래된 공동주택, 테오도루 24번지라고 쓰인 낡은 문패 앞에 섰다. 긴 밤을 보낸 탓에 무척 낯설었다. 떠날 때는 언제고 금세 찾아들어온 꼴이 우스웠다. 우리는 그 앞에 서서 멋쩍게 서로를 쳐다봤다.

"들어가냐?"

녀석은 고개를 흔들었다.

"어차피 쫓겨날 각오 하고 찾아온 거였어. 알고도 안 보면 평생 후회할 거 같았으니까. 처음엔 그냥 얼굴만 보고 돌아갈 작정이었어. 콘스탄티노스, 그 애가 너무 궁금해서……."

"나? 내가 왜 궁금해?"

이건 또 뭔가. 공동 현관문 뒤쪽에서 고함이 터져 나왔다.

"네까짓 게 날 왜 보고 싶어? 봐서 뭐하게?"

갑자기 튀어나온 콘스탄티노스가 마구 주먹을 휘두르며 소리쳤다. 녀석의 터질 듯한 볼살이 일그러졌다. 동갑내기 두 소년이 또 한 번 코가 닿도록 마주 서서 서로를 노려보았다.

"혹시…… 네가 아버지를 닮았는지 궁금했어."

레오니스의 말에 콘스탄티노스가 주먹을 떨구었다. 녀석은 슬퍼 보였다. 콘스탄티노스는 치밀어 오르는 화를 참아 내며 씩씩댔는데, 얼굴은 슬픔과 분노 외에도 열여섯 살 우리로서는 도무지 이해할 수 없는 우주의 탄생과 소멸에 관한 여러 질문으로 가득 차 보였다.

"미친놈……!"

한참 만에 콘스탄티노스가 입을 열었다.

"나, 우리 아빠 안 닮았어. 아빠 사진 못 봤냐? 거실 탁자에 있잖아."

콘스탄티노스는 침을 한번 삼키더니 말을 이었다.

"아빠…… 잘생겼어. 너처럼."

그 말을 듣고 레오니스의 새파란 눈이 반짝였다. 아주 짧은 순간 레오니스의 입가에 미소가 슬며시 피어났다 사라졌다.

"난 우리 집에서 제일 못났어. 아무랑도 안 닮았대. 누나들은 날 똥돼지라고 불러. 나 같은 건 잘못 주워다 키운 거라고 놀리면서 창피하다고 같이 다니지도 않아. 그런데 너 같은 동생이 생겨서 신난 꼴 좀 보라지! 잘된 거 아냐? 나만 사라지면?"

콘스탄티노스는 큰 소리로 고함을 지르다 기어이 울음을 터뜨렸다. 이제 또 다른 누군가 나타나 콘스탄티노스를 달래 줄 차롄데 더 이상의 등장인물은 없어 보인다.

하는 수 없이 내가 입을 열었다.

"그럼 당분간 하던 대로 하자. 넌 우리 집. 쟤는 너네 집."

어린애처럼 울던 콘스탄티노스가 울음을 뚝 그치고 나를 노려봤다.

"싫어! 나 이제 집에 갈 거야. 수블라키는 정말 지겨워!"

"그러시든가. 그럼 상황 정리된 거냐? 집에 들어가냐?"

내가 공동 현관문을 열며 말했다.

"난…… 돌아갈게. 이제 된 것 같아."

아폴론 조각상이 입을 열었다. 나는 녀석을 쳐다보았다. 녀석의 파란색 눈이 우울한 잿빛이 되어 글썽인다. 그때 느닷없이 콘스탄티노스가 다시 살진 주먹을 치켜들며 성질을 부렸다.

"우씨, 뭐가 어째? 이기적인 자식! 우리 엄만 어쩌라고! 우리 엄만 처음 본 순간부터 널 사랑하기 시작했는데. 제기랄! 우리 엄만 진짜로 그렇다고. 근데 인제 와서 내빼겠다? 웃기지 말고 당장 들어와!"

콘스탄티노스는 뚱뚱한 엉덩이를 들썩이며 레오니스를 잡아끌었다.

"오효오오! 민수!"

요나? 어느 구석에서 튀어나왔는지 요나가 내 목을 꽉 잡고 얼싸안았다.

"살았구나. 살았어! 으허허허, 민수! 마이 프렌드!"

녀석은 내 얼굴을 부비다 붕대 감은 내 머리를 보고는 질겁을 했다. 내 팔의 상처를 살피고 입 안까지 속속들이 확인하고는 엉엉 울고 웃다가 한참 만에 나를 놔주었다.

"넌 어때? 줄리아는?"

"우린 멀쩡해, 친구. 이것 봐. 아기 배낭이 얼마나 튼튼한지."

요나는 배낭 속에 든 줄리아를 가리키며 말했다.

"어쨌거나 잘 찾아와서 다행이야. 그 상황에 주소 같은 건 기억 못 할 줄 알았어."

"마이 프렌드, 요나 기억력은 천재야. 그리고 그걸 어떻게 잊어? 테오도루, '신의 선물'이란 뜻 아냐? 오효오, 민수, 넌 신이 선물한 거리에 살고 있는 거야."

요나는 검붉게 멍든 눈으로 테오도루를 감격스레 쳐다보며 말했다. 이민자들조차 버리고 가 버린 아테네의 가장 구석지고 허름한 길거리를 말이다. 기억력의 천재가 아니라 제멋대로 해석하는 데 천재겠지.

"얘는 또 누구야?"

콘스탄티노스가 묻자 그제야 요나가 손을 쓱쓱 문지르더니 악수를 청했다.

"마이 네임, 요나."

요나는 그때부터 자기 이름의 기원과 우리의 만남과 간밤의 일을 콘스탄티노스에게 보고하기 시작했다. 그냥 뒀다간 시즌 열편도 모자라는 스릴러물이 될 거였다. 어쩌자고 이 애들이 한자리에 다 모인 건지.

"야, 시끄러워! 집에 좀 가자."

나는 세 녀석을 안으로 밀어 넣었다. 요나는 싱글거리며 내 곁에 바싹 붙었고 이렇게나 이른 시간에 자기네 집 대문을 두드릴 수는 없지 않냐며 콘스탄티노스와 레오니스도 은근슬쩍 우리 쪽에 붙었다. 왜 우리 집 문은 두드려도 되는지 모르겠지만.

현관문을 열자 집 안에서 된장찌개 냄새가 진동을 했다.

"으으으! 무슨 냄새?"

요나가 코를 막고 인상을 썼다.

"경호 아저씨! 아침부터 뭐 하시는 거예요?"

콘스탄티노스가 큰 소리로 아빠를 불렀다.

조리대에 서서 된장찌개를 끓이는 아빠의 뒷모습이 보였다. 식탁에는 김치, 불고기, 잡채, 달걀말이, 심지어 메추리알 조림이 차려져 있었다. 그리스 메추리알이 얼마나 비싼데 저걸 졸여.

"웬 한식?"

내가 식탁에 앉으며 말했다. 아빠의 등이 순간 움찔했다.

"왔냐?"

아빠는 돌아보지 않고 된장찌개만 한참 저었다. 잠시 후 오븐 장갑을 끼고 뚝배기를 들고 오던 아빠가 내 몰골을 보더니 식탁 위에 뚝배기를 떨어뜨리듯 놓았다. 국물이 식탁 위에 튀었다.

"이걸 그냥 내려놓으면 어떡해요?"

내가 뚝배기 받침을 가져와 식탁에 놓았다. 아빠는 겁먹은 얼굴로 나를 힐끔거리면서 식탁을 닦았다. 더는 수선을 떨지 않았다. 대신 이렇게 말했다.

"먹어라, 아들."

제법이었다. 간밤에 사춘기 아들을 키우는 싱글파들의 모임에라도 다녀온 걸까.

"밤새, 이거 했어요?"

"심심해서. 너도 없고."

아빠는 그제야 콘스탄티노스, 레오니스와 함께 있는 요나를 보고는 덥석 어깨를 끌어안았다.

"헤이, 요나! 웰컴!"

요나는 아빠를 한참 동안 껴안고 있다가 줄리아를 안아 들고 보여 줬다.

"야, 우리 줄리아. 그새 통통해졌네."

아빠는 줄리아를 받아 안으며 나를 다시 힐끗 봤다.

"아들, 살아 돌아와 줘서 고맙다. 다들 뭐 하다 들어왔는진 모르겠지만, 뭐 어쨌거나 밤새 수고 많이 했다. 먹어. 청소년은 먹어야 자라지."

요나가 법석을 떨며 간밤의 일을 떠벌리려는 찰나, 내가 녀석의 입에 불고기를 쑤셔 넣었다. 녀석은 엄지를 치켜들더니 그대로 씹기에 열중했다.

"아저씨, 의자가 진짜 두 개뿐이에요? 어떻게 먹으라고."

콘스탄티노스가 식탁 주위를 서성대며 불평했다.

"하여간에 이 집엔 뭐가 있는 게 없어. 리들에 가 봐요. 간이 의자 두 개에 5유로."

녀석은 구부정하게 서서 손가락으로 메추리알을 집어 먹으며 말했다. 레오니스는 젓가락으로 미끄러지는 잡채를 놓치지 않으려고 안간힘을 쓰고 있었다.

"난 사실 파스타 안 좋아해. 좋아한 척한 거야."

내가 잡채를 입에 넣으며 말했다. 해바라기유로 볶아서 느끼하지 않았다.

"나도야. 사실 파스타는 잘 못 만들어. 나 한식 조리사거든."

"그럼 앞으로는 한식도 종종 하시든지."

아빠가 고개를 끄덕거렸다.

"근데 아저씨, 죄지었어요? 왜 그렇게 아들 앞에서 저자세야?"

콘스탄티노스가 포크로 메추리알을 하나 더 찍으며 물었다.

"야, 그거 밥이랑 먹는 거야. 자꾸 그냥 먹지 마! 어휴, 아까워."

내가 소리치는 동안 메추리알은 벌써 녀석의 입 속에 들어가고 없었다.

"어, 죄지었어."

아빠가 줄리아를 내려다보며 말했다. 줄리아의 작은 손가락이 아빠의 투박한 손가락을 붙들고 있었다.

"내가 민수를 버렸거든. 보육원에. 녀석은 거기서 나 없이 한참 살았어. 나 혼자 잘 먹고 잘 살겠다고 그래 놓고도 여태 미안하다는 말 한마디 안 했어."

그렇게 고해성사하듯 고백할 필요 없어요. 얘들도 알 만큼 아니까. 나는 고개를 돌렸다. 보기 싫다. 우는 모습. 나보다 여리고 약한 남자. 자기 인생도 어쩌지 못해 늘 초조하고 불안한 어른.

요나가 다가가 아빠의 두 팔을 꽉 잡았다. 요나는 작게 중얼거리며 아빠의 축 처진 어깨를 도닥였다. 두 남자는 마치 형제처럼 보였다. 요나가 형, 아빠가 동생 같다.

"에이, 아저씨. 그랬구나. 울지 마. 지금은 같이 살잖아. 그럼 됐지 뭘요."

콘스탄티노스가 훌쩍이며 말했다.

"아니야. 난 벌받아야 해. 아들, 넌 무슨 가출을 이렇게 싱겁게 하냐? 사람을 이렇게 간단히 용서해 주는 게 어딨어?"

아빠가 울먹이며 소리쳤다.

"그건 그래. 날 봐. 적어도 한 달은 버텼잖아."

콘스탄티노스가 끼어들었다.

"참 나, 누가 용서했다고 그래요?"

"그게, 용서한 거 아녔냐?"

"용서가 그렇게 쉽나?"

"하긴."

아빠는 옷소매로 눈시울을 닦으며 피식거렸다.

"하룻밤 가출하고 돌아와 함께 둘러앉아 된장찌개 먹었다고 해피엔딩이라면, 인생 너무 쉬운 것 아니에요? ……어쨌든 된장찌개는 오랜만이라 그런가. 진짜 맛있네. 밥은 없어요?"

아빠가 고개를 저었다.

"까먹었어."

"아빠는 한식 조리사의 기본이 안 돼 있어. 한식에 밥은 기본."

"그러게."

"어혀어, 저거 내 가방 아냐?"

요나가 의자에서 벌떡 일어서더니 거실 바닥에 놓인 루이뷔통 가방을 가리켰다. 원수 같던 가방을 다시 보니 반가웠다. 만날 인연은 언젠가 다시 만나는 법이다. 다 잃고 하나 남은 가방을 얼싸안은 요나의 얼굴에서는 광채가 흘렀다.

"야, 내가 그거 어떤 아줌마랑 싸워 가며 지킨 거다."

"오, 민수. 형제여, 넌 내 생명과 가방의 은인. 땡큐, 땡큐."

"징그럽게 형제는 무슨. 노 땡큐고, 전 재산 날려서 이젠 어떡할 거야?"

"노 프라블럼! 진짜 오케. 민수, 난 줄리아만 있으면 돼. 딴 건 진짜 하나도 안 중요해. 바보, 첨부터 가방 같은 거 그냥 버렸으면 이런 일 없었잖아."

요나는 내 퉁퉁 부은 얼굴을 만지며 말했다. 옆에서 줄리아가 울음을 터뜨렸다.

"오, 아가. 민수는 네 대부가 되어 줄 거야. 네 생명을 살렸으니까. 갓파더. 오케?"

요나가 줄리아를 번쩍 안아 들고는 말했다. 내가 노, 라고 외치려는데 현관에서 노크 소리가 들려왔다.

탁, 탁, 탁! 느리고 둔탁한 노크였다. 잠옷 차림의 바소 빌루 아주머니였다. 아주머니는 문가에 서서 콘스탄티노스를 껴안았고 녀석은 품 안에서 아기처럼 울었다. 멋쩍게 서 있던 레오니스의 얼굴 근육이 멋대로 실룩이려는 순간 아주머니가 한 팔로 레오니스를 끌어당겼다. 그건 포옹이라기보다는 레오니스의 머리통이 아주머니의 팔에 끼여 버둥거리는 형상이었다. 한 팔에는 고무풍선처럼 물렁한 녀석이, 또 다른 팔에는 석고 조각상처럼 딱딱한 녀석이 매달려 있는 꼴은 볼만했다. 집 나간 탕자들이 이토록 환영받는 동네라니. 테오도루 24번지에 신이라도 세 들어 사는 건가.

아랫집 불량 이웃들이 모두 돌아가자 요나는 하품을 쩌억 하며 소파에 줄리아를 눕히고는 그 옆에 벌러덩 드러누웠다. 아빠와 나는 설거지를 시작했다.

"걔들, 잘 살 수 있을까?"

아빠가 물었다.

"모르지. 울고불고 싸우고 하다가 우리 집으로 올라오는 거 아냐? 가출하러?"

"에이 귀찮아. 얼마나 자주 쳐들어올까? 그럼, 하루에 1유로 받고 재워 줄까?"

"아빠는 세상을 그렇게 몰라? 1유로는 돈도 아냐. 2유로. 밥값은 따로. 그리고 내 팬티는 안 돼!"

"그럼, 팬티는 지켜야 하고말고. 그런데 요나는 어쩐다?"

요나의 코 고는 소리가 부엌까지 들려왔다.

"이제 콘스탄티노스가 집에 들어갔잖아요. 알바 안 필요해?"

"햐아. 그거 좋은 생각. 돈 벌게 해 주고 녀석한테 집세도 받자."

"아빠, 니코스 아저씨 같다. 세상에 공짜는 없다? 그동안 잘 배웠네. 근데 쟤랑 같이 살자고요?"

"그럴 작정으로 집에 데려온 거 아녔냐, 아들?"

모르겠다. 누가 그런 걸 계획하고 저지르나. 그냥 어쩌다 보니 이렇게 된 거지.

띠잉! 집 안에 초인종 소리가 울려 퍼졌다.

"우리 집에 초인종도 있었냐?"

"그러게요. 첨 들어 봐."

현관문을 열자 이번엔 마르타가 서 있었다. 마르타는 내 몰골을 보자 얼굴을 찡그리더니 살짝 앞으로 다가왔다.

"죽다 살아났다며?"

마르타에게서 복숭아 향이 났다.

"뭐냐, 넌? 이른 아침부터. 또 싸웠어? 너도 가출이야?"

나는 된장 냄새가 날까 봐 슬쩍 물러서며 말했다.

"왜, 여기가 무슨 공식 가출 장소라도 돼? 착각하지 마. 가출해도 난, 절대 남의 집이나 길바닥에선 안 자니까. 난 옛날부터 이미 갈 데 다 정해 놨어. 차곡차곡 돈도 모으고 있다고."

어디로 가출하실 건데 그렇게 대단한 준비까지.

"난 이다음에 가출하면 꼭 킹 조지 호텔로 갈 거야."

마르타는 거만하게 눈을 깜빡거렸다.

"킹 조지 호텔?"

마르타가 세차게 고개를 끄덕거렸다.

"그거 좋지."

그땐 꼭 나도 데려가 달라고 하고 싶을 정도다. 중간계급치곤
꽤 당찬 포부다.

"근데 무슨 일이야?"

"학교 가자! 가출은 가출이고, 수업은 수업이지. 안 그래? 콘
스탄티노스랑 레오니스는 지금 옷 갈아입고 있어. 밑에서 기다
릴게."

마르타는 제 할 말만 내뱉고는 초르르 계단을 내려갔다. 학교
라니? 어제 그런 일을 겪고도 오늘 학교에 가야 하는 건가? 벌써
일상으로 복귀하자고? 지들이 언제부터 모범생이었다고. 그나저
나 저 애는 내가 이런 꼴을 하고 있는데 괜찮냐고 묻지도 않나.

나는 베란다로 나가서 아래를 내려다보았다. 오렌지 나무 옆
에 마르타가 아침 햇살을 받으며 서 있다. 때마침 불어온 바람에
마르타의 머리카락이 공중에 흩어졌다. 나는 조용히 긴 숨을 내
뱉었다. 그때 마르타가 내 쪽을 올려다보았다. 나는 재빨리 기둥
뒤로 몸을 숨겼다. 마르타는 한참 동안 우리 집 베란다를 힐끔거
리더니 흩어진 머리를 정돈하고 가방을 추어올렸다. 곧이어 말
끔하게 차려입은 콘스탄티노스와 레오니스가 내려와 합류했다.
진짜네, 녀석들. 나는 방으로 달려가 새 팬티와 새 옷을 꺼냈다.

"아빠, 나 학교 가요."

나는 계단을 날듯이 뛰어 내려가 오렌지 나무를 향해 달렸다. 마르타가 내 발소리를 듣더니 뒤를 돌아본다. 그 애가 환하게 웃고 있다. 그거 알아, 마르타? 넌 웃을 때 참 예뻐. 하지만 난 그런 말은 입 밖으로 절대 꺼내지 않지. 너희 여자애들이란 우리 남자애들을 너무 만만하게 보니까 말이야. 난 입을 꾹 다물고 그 어떤 말도 행동도 하지 않고 가만히 있을 테다. 그래야 너와 내가 평등한 시민으로 공존…….

마르타가 내 쪽으로 걸어온다. 팔이 흔들거리며 내 살갗에 슬쩍 스친다. 시키지도 않았는데 촐싹거리는 내 손이 어느새 마르타의 가늘고 따스한 손가락을 잡고 있다. 오렌지 향이 마르타와 내 사이를 싱그럽게 맴돌았다. 가슴속 호른이 깊고 낮은 소리를 내며 서서히 연주를 시작했다.

옆집에 사는 콘스탄티노스는 밤색 곱슬머리를 가진 귀여운 아이였다. 어른들의 낮잠 시간이면 우리 집 문을 두드리고는 들어와 인터넷을 쓰거나 숙제를 했다. 마르타는 열두 살에도 인형 놀이를 했고 크리스마스 때면 어김없이 찾아와 캐럴을 부르고 동전을 벌어 갔다. 코흘리개 동생들과는 차별화를 선언하며 나와 함께 환경영화제에 참석했던 디미트라는 다시는 그딴 걸 보지 않겠다고 선언했다.

세 남매는 실제 나와 같은 공동주택에서 살던 아이들이다. 이후 그 애들이 어떤 청소년기를 보냈는지 나는 모른다. 치아 교정기를 끼고 발랄하게 웃던 초등학생이 내가 마지막으로 본 마르타의 모습이었다.

우리 공동주택은 꽤나 별난 곳이었다. 이웃들은 잠옷 차림으로 서슴없이 남의 집을 오갔고 어느 집에서 달콤한 쿠키 냄새가 흘러나오면 오후 차 마시는 시간에는 다들 귀신같이 그 집에 모였다. 그 안에 내가 끼어 있었다. 나는 온수기가 고장 나면 맘씨 좋은 파노스에게, 배가 고프면 최고의 요리사인 요타에게, 배탈이 났을 때는 만능 해결사 마리아에게 약을 타러 달려갔다. 우리는 특별한 날이면 부주키쇼를 틀어 놓고 몸을 흔들었고 크리스마스 때는 칠면조의 배를 갈라 밤과 허브를 채워 넣고 녀석이 익기를 기다리며 포도주를 홀짝였다. 느긋하고 평온한 날들이었다.

그러던 일상에 균열이 생기기 시작했다. 한 소년이 경찰관의 총에 맞아 숨졌다. 분노한 시민은 신타그마 광장에 모였고 전례 없는 시위가 전국으로 퍼져 나갔다. 아티카 백화점의 쇼윈도가 깨어지고 상점마다 물건들이 도난당했다. 폭도가 되어 버린 사람들은 실은 각자 다른 이유로 화풀이를 해 대고 있었다. 그들은 말하고 있었다. 여태껏 뻐겨 온 삶은 모두 거짓이었다고. 아프고 서러운 부분이 터져 나오자 가장 밑에서부터, 나의 가장 가까운 곳부터 흔들리기 시작했다. 바소는 우체국을 그만두었다. 지금 당장 직장을 그만두지 않으면 연금을 장담할 수 없을 거라는 소문이 나돌았기 때문이다. 주춤거리며 책상을 지키던 바소의 동료들은 곧 해고되었다.

그리스에 구제금융이 시작되기 전의 이야기다. 암울한 징조가 보이던 2008년 겨울, 나는 짐을 꾸렸다. 체류 허가 기간을 어기고 3개월째 불법체류자의 신세로 살던 중이었다. 4년의 그리스 생활을 접고 비행기에 올랐다. 밑으로 그리스 땅이 점점 멀어지고 있었다. 심장 한구석이 서늘해졌다. 아주 중요한 것을 두고 온 것이다. 그 땅에 내 그리스인 가족들이 남아 있었다.

그리스가 망해 가고 있다고, 매체는 신나게 그리스의 과거를 들추고 어두운 미래를 점쳤다. 이건 남의 일이 아니었다. 아테네는 내 삶을 일으키고 가장 빛나는 순간을 선사한 도시였다. 변했는지는 몰라도 결코 조각나거나 희미해지지 않는 삶의 사연들이 아테네의 거리마다 집집마다 숨어 있다. 『테오도루 24번지』는 그 안에 속했던 나와 내 이웃들의 이야기이다. 그렇게 떠나온 지 7년이 되어서야 나는 우리의 이야기를 쓸 수 있었다.

어쩌다 보니 다시 유럽에 와 있다. 아테네 앞바다를 떠오르게 하는 제네바 호수에는 다양한 인종들이 어깨를 마주하며 산책을 하고 곳곳에서 들려오는 낯선 언어가 호수에 활기를 더한다. 각국의 정상들이 묵는다는 윌슨 호텔 바로 옆 골목에는 파키스탄 음악이 쿵쾅거리고 케밥집과 퐁뒤 음식점, 리비안 식당이 특유의 냄새를 풍기며 옹기종기 모여 있다. 지금 내가 살고 있는 페키 가의 풍경이다. 시민 대다수가 이주민으로 이루어진 제네바에 섞여 살면서 나는 민수와 요나, 레오니스를 여럿 만났다.

원고만 던져 주고 제네바로 도망 온 나를 끈덕지게 쫓으며 후

반 작업의 묘미를 선사한 편집부에게 브라보를 외치고 싶다. 대륙을 오가며 진행되는 고단한 작업임에도 한 치의 오류를 허용하지 않았던 문학동네 어린이팀은 내가 만난 최고의 전문가들이다. 후반 작업을 방해하는 악의 무리도 있었다. 네 명의 에일리언과 한집에 사느라 갖은 애를 먹었는데 이 괴물들은 외계어로 악을 쓰고 두 시간마다 배고프다고 아우성을 쳤으며 매일 새로 고안된 고문대에 나를 올려놓고 시험했다. 시아, 비안, 성수, 정수, 너희들은 신의 선물, 아니 그보다 신이 특별 맞춤으로 보낸 내 인생의 트레이너다. 더한 훈련을 받고 있는 나의 언니 서정과 소중한 친구 잔디에게 사랑과 응원을 보낸다.

겨울 바다에서 수영하는 별종은 그리스 사람들밖에 없는 줄 알았는데 차가운 레만 호에도 겨울 수영을 즐기는 용감무쌍한 사람들이 보인다. 호숫가의 벤치에는 점심값을 아끼려는 현지인들이 도시락을 까먹는다. 세계 제일의 부자 도시로 손꼽히는 곳에서도 사람 사는 풍경은 비슷하다.

아테네에 테오도루 24번지는 없다. 하지만 세상 곳곳에 테오도루는 존재할 것이다. 해석이야 자기 맘대로니까. 지금 우리가 사는 곳이 신이 선물한 동네다.

2016년 1월, 제네바 페키 가 36번지에서
손서은

테오도루 24번지

ⓒ 2016 손서은

1판 1쇄 2016년 1월 29일 | 1판 11쇄 2022년 4월 18일

지은이 손서은 | 책임편집 서정민 | 편집 엄희정 원선화 이복희 | 디자인 이은하

마케팅 정민호 이숙재 한민아 김혜연 이가을 안남영 김수현 정경주

브랜딩 함유지 함근아 김희숙 정승민 | 제작 강신은 김동욱 임현식 | 제작처 영신사

펴낸곳 (주)문학동네 | 펴낸이 김소영

출판등록 1993년 10월 22일 제2003-000045호

주소 10881 경기도 파주시 회동길 210

전자우편 kids@munhak.com | 홈페이지 www.munhak.com | 카페 cafe.naver.com/mhdn

인스타그램 @kidsmunhak | 트위터 @kidsmunhak | 북클럽 bookclubmunhak.com

대표전화 (031)955-8888 팩스 (031)955-8855

문의전화 (031)955-8895(마케팅) (02)3144-3238(편집)

ISBN 978-89-546-3944-6 03810